SI TÚ ME DICES VEN LO DEJO TODO... PERO DIME VEN

ALBERT ESPINOSA

SI TÚ ME DICES VEN LO DEJO TODO... PERO DIME VEN

ALBERT ESPINOSA

Grijalbo

El papel utilizado para la impresión de este libro ha sido fabricado a partir de madera procedente de bosques y plantaciones gestionadas con los más altos estándares ambientales, garantizando una explotación de los recursos sostenible con el medio ambiente y beneficiosa para las personas.Por este motivo, Greenpeace acredita que este libro cumple los requisitos ambientales y sociales necesarios para ser considerado un libro «amigo de los bosques».

El proyecto «Libros amigos de los bosques» promueve la conservación y el uso sostenible de los bosques, en especial de los Bosques Primarios, los últimos bosques vírgenes del planeta.

Primera edición: marzo, 2011
Segunda edición: marzo, 2011
Tercera edición: abril, 2011
Cuarta edición: abril, 2011
Quinta edición: mayo, 2011
Sexta edición: mayo, 2011
Séptima edición: mayo, 2011
Octava edición: junio, 2011
Novena edición: junio, 2011
Décima edición: junio, 2011
Undécima edición: julio, 2011
Duodécima edición: julio, 2011
Décimotercera edición: agosto, 2011
Décimocuarta edición: agosto, 2011

Printed in Spain – Impreso en España

ISBN: 978-84-253-4607-1
Depósito legal: B. 30.857-2011

Compuesto en Comptex & Ass., S. L.

Impreso en Siagsa
Encuadernado en Encuadernaciones Bronco

GR 46071

Dedicada a todos
los que siguen queriendo ser diferentes
y luchan contra aquellos
que desean que seamos iguales…

Escrito durante el verano del año 2010
por aire, mar y tierra en...

Menorca, Ibiza, l'Escala, Cabrils,
Barcelona, Las Pungolas,
Zurich y Helsinki...

Índice

Cuando crees que conoces todas las respuestas, llega el Universo y te cambia todas las preguntas...

JORGE FRANCISCO PINTO,
maestro

1

SI TÚ ME DICES VEN
LO DEJO TODO...
PERO DIME VEN

Recuerdo como si fuera hoy cuando ella me dijo: «¿No deseas poder ser feliz en todos los aspectos de tu vida...? ¿No tener que aceptar nada que no te agrade...? ¿Sentir que la vida es controlada por ti en lugar de ir a rebufo de ella en el vagón 23...?».

No respondí...

Sólo resoplé, resonó un montón de aire saliendo de mi nariz y apareció mi diente roto tras una sonrisa de esperanza.

Y no dije nada, porque cuando llevas años aceptando que tu vida es lo que te pasa y no lo que originas... Pues, lamentablemente, te acabas acostumbrando.

Seguidamente ella añadió: «¿Conoces una vieja canción que dice "Si tú me dices ven lo dejo todo"?».

Volví a afirmar en silencio; no me salían las palabras, la emoción me tenía atrapado. Mi garganta era incapaz de crear sonido alguno.

Ella continuó: «Pues siempre he creído que a esa canción le falta algo... Debería ser: "Si tú me dices ven lo dejo todo... pero dime ven"».

Finalmente me miró y me soltó las tres preguntas que llevaba años deseoso de que alguien me hiciera: «¿Quieres o no quieres controlar tu vida? ¿Quieres o no quieres ser dueño de todos tus momentos? ¿Quieres?».

Y dije que sí, el sí más alto y más potente que ha salido de mis cuarenta años de vida.

Un sí que contrastaba con el no más rotundo que había escuchado muy pocas horas antes...

Y tenéis que entender ese «no» antes de que os hable de ese «sí». Si no todo carecerá de sentido y no comprenderéis absolutamente nada.

Por ello, es imprescindible que conozcáis lo que pasó en las horas previas a conocer a la mujer que cambiaría la forma de ver mi vida y mi mundo.

Vayamos a ese «no»...

2

ES DIFÍCIL GOZAR CON UN «TE QUIERO» PROPIO

Unas cuantas horas antes discutía con mi pareja. Nada extraño ni grave en nosotros, últimamente siempre discutíamos.

Si alguien nos hubiese visto pensaría que estábamos al borde de la ruptura, pero tan sólo era nuestro día a día.

Eran las siete y media de la mañana. Pensé que pronto amanecería y que aún necesitábamos dos horas más de conversación y quizá hasta unos buenos veinte minutos de sexo posterior para hacer las paces. Todo aquel tiempo que faltaba me producía una sensación extraña de *déjà-vu*.

Las parejas y sus ritos. Las parejas y sus códigos.

Toda pareja tiene su código de discutir, de hacer el amor, de perdonarse y hasta de reprochar las cosas al otro.

Pero aquel día el código se rompió, no hubo dos horas más de conversación ni veinte minutos de sexo posterior... Lo supe cuando noté su mirada en mí... Era una mirada que desconocía, no iba acompañada de ninguna palabra.

Ella siempre que me miraba me hablaba, era una de sus muchas virtudes que me alucinaban. Quizá porque no la poseía... Quitar el sonido a su mirada me heló completamente.

Parecía que estaba a punto de decirme algo del estilo: «Esto no funciona...», «Estoy harta de discutir...» o «Por qué somos así si nos queremos tanto...». Pero tan sólo me miraba...

Y justo en ese instante, mientras seguía observándome de aquella manera tan extraña e intensa, pensé en una frase que había escuchado hacía meses en un espectáculo de danza.

La función era un homenaje a Freddy Mercury y a otros artistas que habían muerto jóvenes... O quizá iba sobre algo diferente, no lo recuerdo.

A mí no me gusta la danza, pero me encanta ver cuerpos en movimiento y músicas desconocidas puestas al ritmo de una coreografía. Salgo totalmente estimulado en el sentido emocional de la palabra.

Y a veces, como aquel día, escucho en esos espectáculos frases que son dardos directos al corazón.

Aquella noche, el danzarín principal declamó entre movimiento increíble y estiramiento imposible: «Nos dijisteis que hiciéramos el amor... y no la guerra. Os hicimos caso, ¿por qué entonces el amor nos hace la guerra?».

Sonreí al recordar aquella frase, ella seguía mirándome fijamente y de repente lo soltó.

—Debo dejarte, Dani.

Debo... Debo... Esa obligación me perforó.

A mi cabeza llegó el verbo traducido al inglés. Ese «*must*» que siempre me ha parecido una palabra elegante. Pocos vocablos tienen un significado tan claro, y sabes que al utilizarlos te estás posicionando en un sentido o en otro.

—¿Debes? —le pregunté.

—Debo...

Se produjo un nuevo silencio.

Decidí insistir.

Y qué mejor que con nuestra forma particular de decir «Te quiero». Toda pareja tiene una manera única. La nuestra tenía que ver con la primera película que vimos juntos. Yo la había visto hacía años en un momento especial de mi vida y por ello decidí compartirla con ella, por todo lo que me marcó a mí.

Era el magnífico film de Jean-Luc Godard, *Al final de la escapada*. Nunca Belmondo ha sido más Belmondo que en ese metraje.

Nuestra secuencia siempre fue una que transcurría en un coche; en ella se decían muchas frases, pero nosotros nos quedamos con tan sólo tres y siempre las decíamos seguidas, sin pausa, tal como las habíamos escuchado y nos habían impactado...

Ésa era nuestra forma de decirnos «Te quiero». Jamás había fallado sacar ese trío de frases en una discusión o en un momento tenso.

Yo decía la primera y la tercera frase; ella la segunda. Aunque a veces era al revés. Dependía de quién necesitaba volver a traer al otro a la cordura, al amor...

No las utilizábamos casi nunca.

La clave de que algo tan mágico funcionase era que tan sólo se podía invocar en situaciones desesperadas.

La miré fijamente, quería que supiese que era uno de esos momentos.

—No puedo vivir sin ti —dije poniendo en mi rostro todos los tics de Jean-Paul Belmondo que pude generar.

Ella me miró y no dijo nada. Volví a la carga:

—No puedo vivir sin ti.

Ella me observó por segunda vez.

Negó con los ojos, después con la cabeza y finalmente soltó el «no» más contundente que he escuchado en mi vida. Fue un «no» tan rotundo que supe que todo se había acabado.

Aunque quizá no hacía falta; no haber seguido aquel juego ya era la señal indiscutible del fin de todo.

Intenté el contacto físico, lo último que me quedaba. Me acerqué a ella pero me rechazó antes de que llegase a tocarla.

Sabía que podía haber casi quince buenas razones que explicarían por qué quería abandonarme, aunque una ponderaba más que todas las otras juntas.

Justo cuando iba a preguntarle el porqué sonó mi móvil de trabajo. Lo utilizaba únicamente para casos extremos laborales.

Dudé si cogerlo, sabía a la perfección que no era el momento y sería la gota que colmaría el vaso... Pero, no sé bien por qué acabé contestando.

Tan sólo pronunciar «Diga», ella se marchó hacia nuestra habitación.

Justo entonces recordé el gran consejo que me había dado uno de mis maestros, un buen hombre que conocí cuando me iban a extirpar las amígdalas.

Sólo coincidí con él unos pocos días en aquel hospital

de mi ciudad natal, pero marcó parte de mi vida. Hacía tiempo que no pensaba en él, creo que demasiado... Pero ese «no» me había transportado a él inmediatamente...

Supongo que debo hablaros de él, ya que sin conocer lo que viví a su lado hace treinta años es difícil comprender por qué soy como soy y por qué ella no quiere seguir estando conmigo.

Y es que me convertí en quien soy gracias y por culpa del Sr. Martín.

Sin embargo, antes de dejar que mi memoria vuelva al pasado, y escuchando como banda sonora de ese instante el extraño sonido que ella produce al llevarse todas las cosas de nuestra habitación, debo decir ese trío de frases godardnianas que una vez significaron para nosotros «Te amo»...

«No puedo vivir sin ti...

»Sí que puedes...

»Sí, pero no quiero.»

Me las susurré a mí mismo suavemente, dulcemente...

Pero es difícil gozar con un «Te quiero» propio.

3

LA SOLEDAD DEL QUE NO TIENE A NADIE ESPERÁNDOLE

El día que conocí al Sr. Martín, yo ingresaba en el hospital con diez años, para perder las amígdalas, y él estaba a punto de desprenderse de un pulmón y medio.

Yo tenía tanto miedo cuando entré en aquella habitación que conseguí que se sintiera cómodo con el suyo propio.

—Pensaba que yo era la persona con más miedo del mundo, pero veo que tú triplicas el mío. Eso me tranquiliza —me dijo muy serio.

Era muy grande, medía casi dos metros y rozaba los 150 kilos.

Todo en él era inmenso, superaba los noventa años y su barba grisácea inundaba todo su rostro.

Me habría dado miedo si me lo hubiera encontrado en la calle, pero allí, con aquella bata que no le cubría ni el culo, me parecía totalmente inofensivo.

Mis padres habían ido a firmar mi ingreso; me alegré de que no los conociera. En aquella época aún sentía vergüenza de ellos.

Mi gran aliada contra aquel gigante era aquella enfermera que parecía no interesarse mucho por mí, pero que cumplía los cánones de estatura, peso y edad.

Pero mi escudo desapareció al poco de acomodarme en aquella enorme cama.

Así que me quedé solo junto a la persona más impresionante con la que he compartido respiración en mi vida. Nadie más me ha robado tanta ni he sentido tan cerca la suya propia.

Nos quedamos en silencio. Él no paraba de mirarme.

Fueron casi dos minutos iniciales de gran tensión. Él olía mi miedo, pero no parecía que fuera a atacarme. Finalmente rompió el instante...

—Me llamo Martín. ¿Y tú?

Me tendió la mano. Yo dudé si encajarla.

Mis padres me habían enseñado que jamás debía saludar a desconocidos. Aunque, teóricamente, Martín no era un desconocido completo, ya que dormiría junto a él durante las siguientes tres noches si nada se complicaba.

Era curioso, era un desconocido que debía convertirse rápidamente, por obligación, en alguien cercano.

—Dani...

Me salió casi como un susurro. Pero creo que me oyó.

Apreté con fuerza la mano que me tendía. Él sonrió y no apretó nada. Fue un bonito gesto sentir que tenía más fortaleza que él.

Estuve a punto de decirle algo, pero justo en ese instante apareció un celador para llevárselo al quirófano.

El camillero le habló fuerte. Manías que tiene la gente

con las personas mayores. Creen que les facilitan la vida subiéndoles el tono o bajándoles el ritmo vital.

—Sr. Martín, es hora de ir al quirófano. ¿Dónde está su acompañante?

El Sr. Martín le indicó con la mano que bajara el tono. Fue divertida la forma como lo hizo.

—No tengo acompañante —replicó seguidamente, sin ningún tipo de vergüenza.

—¿No tiene a nadie que le espere fuera mientras le están operando? —repitió aquel chaval veinteañero con un tono que rozaba la grosería.

—Tengo muchos que me esperan fuera si la cosa va mal, pero nadie si la cosa va bien.

Ahora el celador era quien sentía vergüenza.

—Lo siento —musitó.

—Yo no. Mi tiempo ya no es éste. Es normal entonces que ya no tenga a mi gente conmigo, ¿no?

Un nuevo silencio nos absorbió a los tres.

Yo nunca había imaginado que alguien no tuviese a nadie sufriendo tras una puerta de quirófano. Nadie a quien el médico pudiera salir a tranquilizar por la tardanza o por los problemas derivados de alguna complicación.

—¿Qué le van a hacer? —pregunté poniendo el mejor tono de adulto que supe imitar.

Él se volvió y clavó de nuevo su mirada en mí.

—Me van a dejar medio pulmón dentro. Lo justo para poder respirar y soltar un poco de aire. Aunque tampoco necesito mucho más a mi edad. Me han dicho que se puede vivir hasta con un cuartito de pulmón. Así que me sobra...

Me quedé tocado. Yo perdía unas amígdalas y vendrían para estar conmigo mis padres, los dos abuelos que me quedaban y mi hermano. Él perdía parte de su respiración y no tenía a nadie a su lado...

Creo que en aquel instante descubrí que el mundo era injusto. A partir de ahí he sido testigo de tantas injusticias que he dejado de contarlas y he convivido con ellas sin inmutarme.

—Yo le esperaré fuera —solté casi sin darme cuenta de lo que decía.

Él sonrió por primera vez. En su sonrisa había mucha felicidad.

Se acercó a mí y me abrazó. Y con el abrazo me llegó todo el miedo que sentía ante aquella operación que le privaría de aspirar tanto aire como desease.

—Gracias —me susurró—. Hace más ilusión salir de ahí dentro si sabes que alguien te va a esperar aquí fuera. Me dará la sensación de que actúo para alguien y eso es importante... ¿Sabías que en teatro sólo actúan si hay como mínimo tantos espectadores como actores interpretando?

Negué con la cabeza.

—Ahora ya puedo actuar, porque tengo un espectador observándome. Lo haré bien por ti.

El abrazo cesó y dejó de susurrarme cosas.

El celador se lo llevó y cuando me quedé solo fue cuando comprendí la gran responsabilidad que había aceptado.

Él estaría cerca de ocho horas en aquel quirófano y yo estaba decidido a comportarme como su fiel acompañante.

Un chico de diez responsable de un hombre de noventa.

Me pareció algo normal en aquel tiempo... En este momento, lo encuentro extraño.

Aunque ahora todo era diferente, sin ella, sin nuestro código de amor, me había quedado un poco huérfano.

Sé que queréis saber si el Sr. Martín volvió del quirófano con su medio pulmón, pero yo debo seguir contándoos el viaje que hice hasta encontrar a aquella señora que creía que a algunas canciones de amor les faltaba un verso para ser completas.

Es por ello por lo que debemos regresar a la llamada y al nuevo trabajo que me querían encargar...

4

HAY VECES QUE UNA PAREJA ARRASTRA TANTO QUE NI EL AMOR ES SUFICIENTE

Mientras ella recogía sus cosas de la habitación, yo estaba en el salón hablando por teléfono. La situación era surrealista.

El sonido que ella producía al introducir sus pertenencias en la maleta me superaba. Sabía que aceptaría aquel caso fuera el que fuese. No deseaba quedarme solo en aquella sala donde acabábamos de discutir ni mucho menos en una casa vacía sin ella.

Sé que podía haber ido tras ella. Aún no se había marchado, pero teníamos tantos problemas, arrastrábamos tanto pasado que era imposible que se solucionase como en una de esas películas de cine.

No hubiera servido de nada aparecer en la puerta de la habitación, mirarla, apartarla de la maleta, darle uno de esos besos increíbles y decirle que no se marchara.

No serviría de nada y yo lo sabía. Ella necesitaba que le dijese otras cosas que yo no podía decir en aquel momento.

Y es que hay veces que una pareja arrastra tanto que ni el amor es suficiente... Ni el amor es suficiente.

En el papel que acababa de coger para apuntar los datos del trabajo escribí: «Ni el amor es suficiente».

Me fascina cuando el cerebro ordena inconscientemente a la mano y repite los pensamientos que el corazón expresa, pero que no han sido dichos en voz alta.

El pensamiento a veces es tan intenso que potencia lo que seguramente sólo es una simple idea y te demuestra lo insertada que está en tu mente.

Continué apuntando los datos del trabajo.

Como siempre, la voz que me encargaba el trabajo intentaba parecer tranquila, pero denotaba un pánico atroz.

Casi superaba quince o dieciséis veces el miedo de un niño a punto de perder las amígdalas. Y es que siempre tomé aquel pavor inicial como la medida básica del miedo puro.

—¿Qué edad tiene el niño? —solicité.

Si tenía menos de once años no aceptaba jamás el caso. Era muy estricto con esa norma. Ojalá con otras cosas de mi vida lo tuviese tan claro como en mi trabajo.

—Está a punto de cumplir los diez —contestó el hombre del teléfono. Su voz tembló ligeramente.

Aquello ya imposibilitaba que cogiese aquel caso, pero seguí preguntando. Supongo que para no colgar y enfrentarme con ella. Necesitaba tiempo para decidir qué hacer, al menos un poco más...

—¿Cuánto hace que ha desaparecido?

Si el tiempo era inferior a los tres días o superior a dos años tampoco lo aceptaría. Era como un código. Con el tiempo he descubierto que los códigos tienen sentido en lo laboral, en lo personal jamás.

—Dos días justos.

Dos de dos. Aquél no era un caso para mí. Tenía que ser realista y dejárselo claro a aquel hombre antes de que se ilusionase con la idea de que podría ayudarle.

—Llame a la policía —dije intentando sonar todo lo seco que pude—. Le podrán ayudar mejor que yo.

Se creó un silencio intenso.

No le escuchaba ni respirar. Perder a un niño de diez años durante dos días es algo que rompe toda tu vida y te hace sentir un vacío muy intenso. Es por ello que pones las esperanzas en cualquiera que crees que pueda devolvértelo.

Y no estoy haciéndome el listo, lo sé de primera mano. Llevo años dedicándome a investigar desapariciones de niños y adolescentes.

Al principio no había códigos y buscaba hasta a niños desaparecidos menores de diez años, pero lo que acabé encontrando hizo mella en mí.

No sé qué día decidí especializarme en los niños mayores de diez y en los adolescentes. Creo que surgió para evitarme dolores insoportables y por descarte... Como casi todo en esta vida.

Siempre quise ser policía, investigar cosas... Pero sobre todo buscar a gente que se hubiera marchado de su hogar sin una explicación aparente.

Creo que me decanté por los adolescentes y los niños porque es la época de la vida en la que fui más feliz y la única que todavía comprendo. Por esa razón conecto con la gente que todavía no es adulta.

Teóricamente, la niñez y la adolescencia duran hasta los dieciocho años. Aunque yo creo que eso no es cierto; hay mucha gente que vivimos una niñez y una adolescencia perpetua, aunque a muchos eso les fastidie.

Creo que lo mejor, para que entendáis esa fijación por las pérdidas, por los niños, por los adolescentes y por mi trabajo en general, será hablaros de mi propia niñez-adolescencia. Quizá es la mejor manera para que me conozcáis.

Escuché el sonido de la puerta cerrándose.

Ella se había marchado.

La soledad de la casa me impactó de golpe y se mezcló con el silencio del hombre que aún permanecía expectante en el teléfono.

Dos silencios diferentes con dos tonalidades bien distintas. Aunque en ambos había cosas en común... Mucho gris y mucho dolor.

Me acerqué a la habitación.

Su parte del armario estaba totalmente vacía. Fue un golpe tremendo. Nunca imaginé que unos cajones vacíos pudieran contener todavía tanto de lo que estaban llenos ni tampoco que nadie pudiera ser capaz de guardar tan rápidamente una vida en una maleta.

El padre del teléfono comenzó a suplicar.

Yo no podía quitar la vista de aquellos seis cajones medio abiertos a distintas alturas. Parecía que formaban una escalera de desolación...

Fui hasta su mesita de noche.

Abrí los dos cajones que siempre estaban llenos a rebosar de numerosos objetos. Podría parecer que ninguno de esos cachivaches que ahí residían era importante, pero yo siempre le decía que todo lo que acababa en una mesita había superado el día, te había acompañado hasta la cama, hasta tu sueño, hasta tu noche y que por ello era muy valioso.

Lo primero que yo miraba cuando entraba en el cuarto de un niño era su mesita; allí tenía los objetos más importantes de su vida y de su pequeño mundo.

Pero los de ella ahora ya no existían.

Nada habitaba en aquella mesita. Ambos cajones estaban completamente vacíos...

El padre continuaba ofreciéndome más y más dinero vía telefónica. Me gustaba al menos no sentir silencio ante tanto vacío.

—Aceptaré el caso —dije finalmente.

—Gracias, gracias, gracias... —repitió sin cesar.

No sé cuántos «gracias» llegó a decir. Sé que estaba rompiendo el código, pero me daba igual. Lo que era seguro es que no podía pasar una noche más en aquella casa repleta de cajones vacíos medio abiertos.

Me daba pánico. Un pánico atroz.

—¿Dónde vive?

No era una pregunta al azar, simplemente no deseaba que aquella desaparición hubiera pasado en mi ciudad. Necesitaba ir más lejos, a algún lugar donde el olor de la pérdida no me alcanzara.

—Capri —contestó—. Si quiere puedo mandarle a su mail toda la información que tengo sobre mi hijo. Me han dado un mail, no sé si es correcto o si prefiere un fax...

Ya no le escuchaba, aunque le contestaba. Le daba datos sobre lo que tenía que mandarme, dónde y de qué manera. De mis tarifas y del tipo de transporte que necesitaba... Pero no le prestaba ninguna atención a lo que me decía, me había quedado tocado al saber que debía volver a Capri. Había estado una vez, justo cuando tenía trece años. Aquella isla me salvó.

Y ahora tenía que regresar a Capri, justo cuando volvía a estar tan perdido y tan solo... Era increíble cómo esa isla siempre me rescataba de mi península cuando ésta se hundía ante mí.

Y es que en Capri pasé los días finales de mi niñez-adolescencia. Y no porque me hiciera mayor, sino porque de alguna manera crecí...

Está bien, os hablaré de Capri... Y os hablaré de George, la persona que marcó ese final de mi niñez...

5

BOMBILLAS QUE SE ENCIENDEN CUANDO UN EDISON SE APAGA

Yo tenía trece años la primera y única vez que fui a Capri. Hacía tres que había perdido mis amígdalas y la verdad es que no las echaba nada de menos.

El gran cambio durante esos tres años fue una marca roja que me apareció a un lado de la cara... y que aumentaba con mi vergüenza.

A veces tenía la sensación de ser un payaso medio maquillado, y la verdad es que no era el único que lo pensaba.

En el colegio algunos me llamaban «payasito enano». Decían que era un payasito y no un payaso porque me faltaba el otro colorete. Lo de enano ya os lo explicaré más tarde...

Por esa mierda de mote y porque intentaban pintarme ese otro colorete con un rotulador, me peleaba cada dos por tres con aquellos que me vejaban... Pero nunca he sido ni fuerte ni alto ni buen luchador, así que casi siempre perdía esas batallas.

Muchas veces llegaba a casa con el ojo morado encima

del colorete rojo. Mis padres sufrían e intentaban animarme. Pero ellos eran como yo...

Ahora lo veo cómico. En el pasado no lo fue en absoluto, pero ahora sí que me lo parece. El paso del tiempo acostumbra a dar un toque cómico a lo que tan sólo fue dramático.

El día que acabé con los dos ojos morados y unas costillas rotas fue el día que decidí que me marcharía de casa.

Odiaba mi vida en el colegio. Mis padres, aunque me comprendían, no podían ayudarme. Bastante tenían con lidiar con sus problemas. Ya os contaré.

Recuerdo que un día que ellos estaban de viaje llené una pequeña mochila y decidí marcharme a algún lugar donde no te pusieran los ojos morados. Sabía que debía existir alguno, aunque tampoco estaba muy seguro de ello.

Pero no llegué a partir. Justo cuando salía por la puerta me encontré a la policía. Jamás imaginé que pudieran estar al tanto de los planes de un crío e impedir su huida antes de que se produjese... Pero no era a por mí a por quien venían, sino por mis padres, por una mala noticia que debían darme relacionada con ellos...

Mis padres murieron el día que quise marcharme de casa... Creo que nunca lo superaré.

Me quedé a cargo de mi hermano, que ya había cumplido los dieciocho. Nada mejoró en el colegio y todo empeoró en casa. Mi hermano siempre había sido un cabrón y si un cabrón te hace de padre, pues todo se complica más...

Así que diez meses después de la pérdida de mis padres

decidí volver a huir. Esta vez no había policías en la puerta.

Sabía dónde quería ir. Deseaba viajar a ese lugar que una vez alguien me dijo que era mágico. Magia con forma de isla... Capri.

Tardé días en llegar a Nápoles; fue una odisea que os ahorraré. Y desde allí cogí el barco rumbo a Capri... Y dentro de ese ferry conocí a George.

George rondaba los sesenta y tres años y tenía mucha fortaleza corporal. Y yo estaba ansioso por cumplir los catorce y conseguir fuerza cuanto antes. Cincuenta años de experiencias, deseos y anhelos nos separaban.

Estábamos los dos en la popa del barco; no nos encontrábamos ni muy lejos ni muy cerca. Yo evitaba acercarme a nadie. Sólo deseaba llegar a esa isla mágica sin problemas de ningún tipo.

Notaba cómo George me observaba. Creo que caló mi huida desde que me vio subir al ferry y me vigilaba.

Desde el Sr. Martín, nadie se había olido tanto mis intenciones sin mediar palabra conmigo.

—¿De huida? —dijo en un tono suficientemente alto para que le oyese y sin apartar los ojos de un libro de color amarillo que leía.

Me asusté.

Nunca pensé que fuera tan fácil conocer mi mundo.

Quería alejarme de aquel hombre que miraba un libro y me leía a mí... Pero algo me lo impedía.

No contesté. Él no volvió a preguntar... Pero al cabo de unos segundos me habló de nuevo:

—Me llamo George, voy a Capri. ¿Y tú?

Han pasado años pero, aún ahora, ese «No hables con desconocidos» lo tengo insertado dentro de mí y me cuesta mucho entablar conversación con extraños.

Pero a la vez yo sabía que necesitaba un aliado en aquel barco lleno de extraños. Un chico de trece años solo llama mucho la atención, estar cerca de un adulto me proporcionaba la coartada perfecta. Me acerqué a él.

—Dani, y también voy a Capri... Obviamente... Como todos...

Emitió una risa seca, su risa era de una sola tonalidad. Me gustó.

Me tendió la mano. La apreté con fuerza. Él no se amedrentó y la apretó todavía con más fuerza, tanta que tuve que dejar de presionarla para que él hiciera lo mismo. En eso se diferenciaba totalmente del Sr. Martín.

Me senté a su lado. Necesitaba que pareciera que viajaba con un adulto, que diera la sensación de que era su hijo o su sobrino. Aunque eso sí, dejé unos centímetros de espacio entre nosotros.

Vi que leía un libro sobre anécdotas de gente famosa. Datos extraños y curiosos que nos descubrían otra visión del mito.

Leí por encima de su hombro.

—¿Te interesa? —preguntó sin quitar el ojo del libro.

—Parece interesante —contesté.

Al instante lo cerró y me lo dio.

—Ten.

—¿Me lo regala? ¿Ya se lo ha acabado?

—No, pero creo que tú le sacarás más partido. Además tengo que ir a hacer mis ejercicios —anunció levantándose.

—¿Ejercicios?

—Sí... Deporte... ¿Practicas alguno?

Yo no practicaba más deporte que evitar que me zurraran más de lo habitual.

De repente advertí que aquel hombre llevaba una pierna ortopédica. Casi no se notaba, pero la ligera diferencia de altura entre una pierna y otra era evidente. Se dio cuenta de que las observaba, me miró esperando que le preguntara sobre esa pierna falsa, pero no lo hice... No deseaba intimar con él.

—¿De qué deporte habla? —dije volviendo al tema.

—Ejercicio en general... Poner a punto el cuerpo... Brazos... Cuello... Piernas... O pierna en mi caso.

No había duda de que se había percatado de mi mirada indiscreta a su pérdida. No me gustó cómo me lo había dado a entender.

—¿Y va a hacer deporte en el barco? —pregunté sin entrar en su juego.

—¿Hay algún lugar mejor que éste? Aire puro, mar y mucho tiempo de sobra. ¿Quieres unirte a mí? Si dominas tu cuerpo, quizá dejarás de huir.

Sabía más de mí que yo mismo.

Volvió a tenderme el libro... Lo cogí. Se puso a caminar hacia la proa del barco; cojeaba muy levemente.

Tardé en levantarme, pero al final le seguí.

—La mejor es la anécdota de Edison, el de las bombillas —dijo sin volverse—. ¿Sabes quién es?

Asentí bruscamente; no me gustó que me tratara de inculto.

—Antes de morir dicen que le pidió a su hijo que cogiera una probeta y capturara su último aliento.

—¿Por qué? —pregunté.

—Porque Edison creía que ahí residía su alma —me dijo mirándome a los ojos.

Había captado totalmente mi atención.

—¿Y el hijo lo hizo?

—Claro que lo hizo. Ese hombre inventó la bombilla. Si decía que ahí estaba el alma, allí debía estar...

»El hijo esperó pacientemente al lado de su cama hasta que llegó ese último aliento de su padre... Y lo capturó.

Se produjo un silencio. Deseaba que continuara.

—¿Y su alma está ahí? —pregunté como si me fuera la vida en ello.

—Quizá sí, quizá no. Deberías ver alguna vez esa probeta; está en un museo de Michigan...

»Yo la vi una vez y debo decirte que el hijo se equivocó utilizando una probeta; debería haber cogido una bombilla rota por un extremo y capturar dentro de allí ese último suspiro.

»Estoy seguro de que la bombilla se habría encendido a la vez que Edison se apagaba.

Se paró cuando llegamos a la proa, justo al lado de la zona de equipajes. Me miró fijamente.

—¿Preparado para conocer y dominar tu cuerpo?

Se ponía el sol lentamente sobre aquel barco rumbo a Capri y yo todavía no me imaginaba todo lo que iba a enseñarme aquel hombre que hablaba de bombillas y almas, que cojeaba pero hacía deporte y que sabía que yo era un niño huido pero que parecía no importarle en absoluto.

Y es que todo eso es posible si te acercas a Capri... Quizá por ello quería coger aquel caso...

Yo me perdí y me encontré en Capri... Y ahora otro chaval que no cumplía ninguno de los requisitos de mi código también estaba perdido en esa isla.

Las casualidades son mi debilidad; son las únicas cosas de la vida que consiguen quebrantar mis reglas.

No había duda, debía poner rumbo a Capri.

—Llegaré a Nápoles en un par de horas. Puede venir a buscarme en coche y cogemos el ferry hacia Capri. ¿Le parece bien? —pregunté al padre.

Volvió a darme mil gracias y yo colgué; en realidad era yo quien le estaba agradecido, deseaba tanto volver a esa isla...

Sé que debería seguir hablándoos de George, y de la respuesta que le di a su propuesta, pero antes debo partir hacia Nápoles.

6

OLVIDAR EL OLOR POR LAS PRISAS

Metí apenas cuatro cosas en la maleta y decidí coger el primer vuelo rumbo a Nápoles. Sé que huía, que el hecho de que acabasen de dejarme me superaba e intentaba no pensar en ello. Era una reacción infantil, pero era justo lo que necesitaba en esos momentos.

Fui al lavabo para llevarme cuatro cosas más.

Y fue allí donde descubrí su perfume. Se lo había dejado.

Con las prisas había olvidado su olor. Tan sólo cajones y mesitas habían sido saqueados.

Acerqué su olor a mí y fue como tenerla al lado... Fue como sentirla...

Dolía mucho todo aquello. La añoraba y no hacía ni diez minutos que se había marchado de mi vida. Aquella ruptura sería muy dura, no había ninguna duda.

Creo que, llegados a este punto, he de contaros qué problemas teníamos. Es lo justo, porque, si no, no podréis decidir a favor de quién estáis.

No nos engañemos, en una ruptura hay que tomar partido. Siempre, aunque no lo desees. Aunque seas de la familia, aunque seas un amigo o un simple lector, tienes y debes tomar bando para sentirte en paz.

Ella y yo... Mierda, cómo escuece hablar de eso... Además, me di cuenta de que estaba impregnado de su olor. Tan sólo me lo había acercado y ya olía a ella.

Sabía que debía deshacerme de aquel perfume tamaño gigante antes de que acabase accidentalmente traspasándome su olor cada mañana. Debía vaciarlo en la bañera.

Debéis entender que con su olor en mí, en mi baño, el dolor se acercaba a cotas extremas.

Finalmente me decidí por el lavabo, abrí la tapa del váter... Pero me detuve... No podía tirar su olor. Hacerlo era un acto sumamente injusto. Era casi vomitivo. Me detuve justo antes de que se derramara una sola gota.

Y de repente... Se me ocurrió una forma mejor de deshacerme de aquello, una que no me hiciera sentir culpable.

Coloqué su olor en mi bolsa de viaje.

Salí rápidamente de casa, pero no cerré con llave. No me importaba que entrasen a robar; no quedaba nada de valor en aquel hogar.

Cogí un taxi al vuelo. De esos que parecen que saben que vas a salir de casa, pues fue increíble la sincronía entre mi aparición por la calle y su giro en el cruce.

Y allí, dentro del taxi, en silencio, esperé.

Tan sólo deseaba que pasaran los minutos hasta llegar al aeropuerto. No necesitaba ni conversación ni música.

Tan sólo que el tiempo pasase.

Hacía muchos años que no necesitaba vivir el momento. Pero ahora me era imprescindible porque el momento no me aportaba nada de valor. En cambio, el futuro, el paso del tiempo, tenía la clave de todo y me devolvería mi propio yo sin dolor.

Creo que la última vez que no necesité vivir el momento fue cuando esperé a que el Sr. Martín regresase del quirófano. Solo deseaba que pasaran las horas y él volviera operado. Y es que, como os comenté, yo era su acompañante y me lo había tomado muy en serio.

El taxista rompió mi momento y puso la radio.

Sonó un vallenato. Siempre he pensado que esa música es demasiado triste. Son peores que los boleros: hablan de amores perdidos, imposibles, sin ningún futuro y los cantantes se regodean en esa pérdida como si fuera algo bello.

Odio los vallenatos. Aquél se llamaba «Me ilusioné» y su letra iba poco a poco rasgando mi propio ser. Quería pedirle al taxista que quitase la canción pero aquello me obligaría a comunicarme con él, justamente lo que no deseaba en ese instante. No quería por nada del mundo interaccionar con otro ser humano más que lo justo y necesario...

Así que decidí huir con mi mente hasta aquel hospital donde de pequeño esperé a que un desconocido volviese con medio pulmón...

7

DEMOSTRAR EMOCIONES QUE NO SIENTES ES ALGO RENTABLE EN ESTE MUNDO

El Sr. Martín entró en el quirófano a las once de la mañana. A la una vino una enfermera para comentarme que todo iba bien. Me sentí tranquilo. Tan sólo faltaban seis horas más de vigilia.

Mis padres habían ido a comer algo, así que estaba solo en aquella habitación; el lado del cuarto del Sr. Martín me seducía y me llamaba poderosamente.

Quería saber quién era aquel hombre gigantesco por el que esperaba con anhelo. Creo que fue la primera vez en mi vida que investigué.

En esa ocasión no era el cuarto de un niño ni de un adolescente lo que allanaba, pero la adrenalina de rebuscar entre los objetos de otra persona fue igual de intensa. Eso nunca cambia, ese placer siempre se te mete en el cuerpo porque es muy potente encontrar objetos que desconoces.

Además, creo que estaba en mi derecho. Estaba esperando por él, así que, como mínimo, debía conocerlo.

Abrí el cajón de su mesita. Ya sabéis lo que opino de esos cajones...

Había allí un montón de cartas, una pequeña libreta y numerosas fotografías polaroid. Para mí, todo aquello era como de otra época.

Observé las fotos. En ellas había retratados numerosos faros.

Faros de distintas medidas y tamaños. Pero, a diferencia de lo que podáis estar pensando, no estaban tomadas desde tierra, ni tan siquiera salía él en ellas.

Estaban tomadas desde un barco o desde la mar. Siempre se veía parte de un mástil o una proa o una popa y, de fondo, el inmenso faro. Además, casi todas las instantáneas eran nocturnas y el faro estaba captado en movimiento.

En ninguna había rastro de personas...

Faros y trozos de barcos... Barcos y trozos de faros. Había casi quinientas; las observé todas detenidamente... Tenía tiempo de sobra.

Vi que detrás de cada una de ellas había una fecha y una palabra. Eran adjetivos que no parecía que hicieran referencia ni a las características del faro ni al lugar ni a la hora que habían sido tomadas... Yo estaba casi seguro de que hablaban de él, del Sr. Martín.

Se titulaban: «triste», «enamorado», «añorado», «infiel», «alejado», «solo» y una que me impactó enormemente «afortunado»... Ese adjetivo aparecía en casi diez o doce fotos. Creo recordar que fue la primera vez que vi escrita esa palabra en un papel. En mi mundo la gente no era afortunada, y mucho menos se le ocurriría escribirlo en tinta para que quedase constancia para siempre.

Cuatro horas más tarde volvió la enfermera y me dijo que ya le habían quitado un pulmón y todo iba bien. La enfermera me soltó: «Tu amigo es un hombre afortunado».

Yo sonreí. Ya lo sabía. Lo estaba descubriendo en sus pertenencias... Me daba cuenta de que era un luchador implacable, lo notaba en su letra.

Mi padre siempre me había aconsejado que tuviera buena letra, porque es la forma que tienes de demostrar a los demás que eres de fiar.

Creo que poseo una letra de fiar, de la que mi padre estaría muy orgulloso. No sé si lo estaría tanto si supiera que me gano la vida revolviendo objetos de desconocidos. Pero eso tampoco lo sabré nunca...

También encontré numerosas cartas en su mesita. Dentro de cada una había una sucesión de números. Números que carecían de sentido. El 12, el 36, el 9, el 7, el 2... Iban cambiando sin ton ni son.

En cada una de esas cartas había cientos de hojas con números y, finalmente, en la última cuartilla había dos números en grande. Cada sobre llevaba el nombre de una ciudad.

Parecía una clave, pero en aquel instante no llegué a descubrirla. Quizá el Sr. Martín era un espía. Me quedé mirando esos dos números finales que estaban en tinta roja y con una letra grande de fiar.

Me fascinaba cada vez más aquel hombre misterioso y no deseaba perderlo sin haberlo conocido.

El hecho de tener ese pensamiento hacia él hizo que se me pusieran todos los pelos de punta.

En mí no era nada extraño, y para que comprendáis por qué lo digo os he de contar algo... Siempre que lo deseo puedo poner mis pelos de punta... Mi madre también podía hacerlo.

De pequeño, siempre que le comentaba a mi madre algo importante o le entregaba algún trabajo que había realizado en el colegio, ella me decía que se le habían puesto todos los pelos de punta.

Yo me lo creía, y me emocionaba de tener una madre tan sensible.

Hasta que un día mi hermano mayor me contó que aquello era una habilidad de mi madre que nosotros también poseíamos.

No le creí; aquella afirmación era insultante. Recuerdo que quise pegarle y, aunque éramos de la misma altura, yo acabé de morros contra el suelo y él encima de mí, zurrándome...

¿Sabéis?, quizá ya es hora de que os cuente algo que no os he explicado pero que es esencial para entenderme a mí, a mi familia y mis huidas.

Supongo que es lo primero que debería haberos contado sobre mí...

Mi hermano era enano. Al igual que mis padres. Al igual que yo...

Sí, enano... «De estatura baja» como se dice de manera políticamente correcta... Sí, justo lo que pensáis.

Con diez años la diferencia entre un niño y un enano todavía es insignificante, no es nada evidente, aunque yo creo que el Sr. Martín supo que yo lo era tan sólo verme...

Con trece se comenzó a notar la diferencia, lo suficiente para convertirme en el hazmerreír del colegio... Todo cambió y mi vida comenzó a volverse insoportable a la hora del patio. «Payasete enano...», hablaba de ese color rojizo de mi mejilla, pero sobre todo de mi poca estatura...

Mis padres siempre llevaron bien su estatura baja. Al fin y al cabo eso les unió. El amor les agrandó. Mi hermano lo superó convirtiéndose en un hijo de puta. La mala leche fue el salvoconducto para llevar con orgullo su estatura.

Y yo, con trece años, aún esperaba crecer. Lo deseaba. Los chavales de mi edad sólo me llevaban cinco centímetros, quizá tan sólo era un chico bajo para su edad pero que un día pegaría un estirón.

Recuerdo que un día le prometí a mi madre que yo crecería. Ella, como siempre, se emocionó y me mostró todos sus pelos de punta. Todavía ahora espero que no fuera fingido aquel sentimiento, necesito creerlo. Esa emoción materna fue mi motor durante años... Crecer, crecer por mi madre.

Ella me enseñó que ser enano no era nada vergonzoso ni triste, pero también soñó siempre que yo crecería. No era incompatible. Ella me contaba que, desde el primer instante que me tuvo dentro, notó que yo pesaba demasiado, que era un gigantón. Lo explicaba con dulzura, con orgullo...

Siempre decía que una madre enana puede desear tener un gigantón sin ruborizarse por lo que pueden llegar a pensar sus congéneres. Al igual que una madre gigantona puede desear tener un niño enano por otros motivos.

Me gustaba cómo llamaba a los otros: gigantones.

Cuando nos quedábamos solos, ella siempre me llamaba «mi pequeño gigantón». Y eso siempre le jodió mucho a mi hermano.

Y ahí estaba, con la cabeza contra el suelo y sujetada por las manos pequeñas de mi hermano mayor. Fue ahí donde me demostró que él también conseguía cuando quería que se le pusieran los pelos de los brazos de punta; lo hizo en pocos segundos.

—¿Ves cómo me emociona este instante en el que te estoy pegando, pequeño gigantón? —me dijo mientras hacía chocar mi cabeza contra una baldosa.

Seguidamente se puso a reír.

Yo estaba entre enfadado y triste. Mi madre me había tomado el pelo durante años.

Decidí probar si yo también podía hacer aquello, ver si también tenía ese don.

En pocos segundos me fascinó ver que todos los pelos de mi cuerpo se erizaban. Era increíble... también poseía ese superpoder. Desconocía para qué me serviría en el futuro, pero estaba seguro de que a la larga le sacaría mucho provecho.

Demostrar emociones que no sientes es algo muy rentable en este mundo. Aunque en aquel instante no le di ningún valor.

Cuando mi hermano me soltó fui a ver rápidamente a mi madre.

En aquella época mi madre y yo éramos enanos igual de altos. Así que hablábamos de tú a tú, a la misma altura. Eso es muy extraño entre una madre y un hijo. No sé por qué, pero tu madre debe ser más alta para sentirte seguro.

Le dije de todo.

Me sentía defraudado ante su emoción falsa en forma de pelos de punta. Ella no me replicó en ningún momento, pero cuando acabé de gritarle rompió a llorar.

Fue la primera vez que la vi llorar y yo era el culpable de sus llantos.

Hubo un instante en que dudé de si sus lágrimas eran verdaderas o eran otro superpoder que yo desconocía. Aunque enseguida me di cuenta de que su emoción me traspasaba de tal manera que dejé de pensarlo.

—Dani —me dijo entre sollozos—, que tenga un don no significa que lo utilice contigo. Jamás lo he hecho. A mí me emociona todo lo que tú haces, simplemente porque es parte de ti. Y tú eres lo más valioso de mi vida, pequeño gigantón.

Casi no la escuché. Sus palabras produjeron en mí el efecto contrario. Dejé de creer que crecería y decidí marcharme por primera vez de casa.

Dos días después de aquella discusión la perdí. Dos días después de haberla hecho llorar, ella y mi padre murieron dentro de aquel maldito coche. En aquel estúpido accidente. Aún recuerdo a aquel policía y su voz impostada intentando mostrar dolor, aunque enseguida me di cuenta de que tan sólo representaba un papel. Teatro del bueno para consolar a un huérfano más.

Desde ese día odio los coches, odio a la gente que bebe y conduce. Odio a los que no respetan el límite de velocidad, los que dicen que controlan... Y no controlan nada; al contrario, a veces hasta descontrolan otra familia con sus actos.

Más de una vez en mi vida he tenido trifulcas con la gente que no quiere respetar las normas de conducción. Creen que son mejores, pero para mí son unos mierdas.

Que alguien no deseara seguir esas normas fue la razón por la que me arrebataron a mis padres. No puedo permitir que nadie más presuma de eso.

Lo más terrible fue el entierro, aquellos dos ataúdes pequeños...

Recuerdo que la gente de las salas contiguas del tanatorio pensaban que enterrábamos a dos niños. Hablaban de lo terrible que debía de ser para un padre perder a dos hijos. Aquello me reventó.

Fui a uno de esos listillos y le dije: «Esos niños son mis padres, y nadie ha llegado nunca a su altura».

Sé que estoy descontrolado cuando hablo de esto pero, aunque han pasado los años, me escuece igual. Siempre he creído que esto será una cicatriz en carne viva en mi vida. Nadie puede curarla, nadie...

Pero volvamos al hospital; ésa es la historia que deseaba contaros ahora.

Regresemos a aquella habitación que jamás compartí junto al Sr. Martín.

Recuerdo que os estaba contando cómo registraba sus efectos personales.

Lo último que encontré en aquella mesita fue un pequeño objeto circular con un vidrio en medio. Parecía un monóculo, pero el cristal era negro y tenía en el lateral un asidero con forma de faro metálico. Era como un faro de plata pegado a ese monóculo; era extraño, pero se habían insertado ambos objetos con tanto amor que te daba la sensación de que nunca habían estado separados.

Aquello parecía tener un poder mágico.

Me lo coloqué sobre el ojo izquierdo, esperando sentir algo extraordinario. Pero no noté nada, tan sólo la habitación se oscureció un poco... Y justo durante aquel instante de eclipse apareció la enfermera.

Su rostro denotaba tristeza. Daba la sensación de que traía una mala noticia. O quizá todo era consecuencia de la oscuridad que proporcionaba aquel curioso aparato.

—Dani, se ha complicado la operación. El Sr. Martín está en la UVI y quiere verte.

No reaccioné. Ni tan siquiera me quité aquel extraño anteojo, no podía. Todo estaba negro a mi alrededor y parecía que el mundo se había paralizado. No deseaba volver a la normalidad, no deseaba ejercer de acompañante.

Al fin y al cabo, todo era un juego que me había inventado, un juego en el que un niño de diez años cuidaba de un adulto de noventa. Jamás esperé que de verdad tuviera que velar por él.

—Son 29,35 euros —dijo el taxista que me llevaba al aeropuerto rompiendo ese doloroso recuerdo infantil.

No os preocupéis. Ya volveré a ese instante...

Lo mejor de recordar es que puedes regresar cuando lo deseas, nadie te puede robar o impedir eso.

Quizá lo que más me impacta es que, siempre que vuelves, el recuerdo es diferente.

Y si el recuerdo es diferente, uno lo acaba siendo también, porque ahí están tus raíces y si tus raíces cambian, también cambiará tu tronco...

8

«AMAR» SÓLO SE PUEDE CONJUGAR EN PASADO

Nunca me han gustado los aeropuertos. Siempre he considerado que hay que pasar demasiadas barreras para poder disfrutar de un avión.

Los controles, las facturaciones, el temor a las pérdidas apestan enormemente ese lugar.

Leí una vez un estudio que explicaba que el corazón de una persona no para de latir a toda velocidad desde que entra en un aeropuerto.

Y esa aceleración es debida a las... Prisas por encontrar el mostrador de facturación, por facturar lo deseado o no facturar absolutamente nada y que te obliguen a facturarlo todo, por obtener el asiento perfecto, por pasar el control de seguridad, por embarcar más rápido, por poder colocar las maletas de mano en el avión y que no te las envíen a la bodega, por el nerviosismo del despegue, por aquellos instantes de turbulencias, por el miedo al aterrizaje, por salir rápidamente del avión, por encontrar la cinta de equipajes, por marcharte del aeropuerto y por llegar a tu destino final.

Lo increíble del estudio es que lo que menos altera las

pulsaciones es el viaje en avión propiamente dicho y lo que más, el colocar la maleta de mano. La importancia de que nuestra posesión esté segura cerca de nosotros. Y lo ideal, como siempre, es que resida encima de nuestra cabeza.

El ser humano es extraño y complejo.

Y ahí estaba, con mis pulsaciones aceleradas delante del control de seguridad.

Creo que jamás en mi vida había sentido tanta emoción. Deseaba con todas mis fuerzas que me pararan sólo pasar la maleta, que me dijeran que no estaba permitido embarcar aquel frasco de perfume tan grande porque había normas...

Como os dije, yo no podía deshacerme del olor de ella, pero si lo metía en la maleta y me lo confiscaban sería otra persona la que se encargaría de destruirlo, y eso en mi código post-ruptura estaba permitido.

Sé que aquello era igual de cobarde, pero al menos sentía que no era yo quien me libraba de su olor.

Antes de colocar la maleta en la cinta, pensé que por una vez esa estúpida norma de seguridad relativa al transporte de líquidos tendría un sentido y serviría para que alguien con el corazón totalmente destrozado tuviera una oportunidad de comenzar a sanar.

Dejé la maleta con su olor sobre la cinta y poco a poco se fue introduciendo en los rayos X.

Tuve la sensación de que cuando el guarda de seguridad mirara su pantalla no sólo vería un frasco de perfume, sino también toda mi vida, toda mi ruptura y todos mis problemas con ella.

Y yo generé muchos de ellos... Todavía os debo contar los problemas de mi vida de pareja, no lo olvido...

No sé bien por dónde empezar y es que yo soy el malo de la película. No esperéis que diga: «Hice aquello y lo otro, pero ella luego hizo...».

Ella... Ella... Ella siempre me amó.

El Sr. Martín me dijo una vez en el hospital que amar era querer mucho. «Si quieres mucho, amas, es el grado superior, es automático, no busques más...»

En cambio George, mi inesperado compañero de barco a Capri, decía que amar era recordar que has querido y te han querido, pero siempre en pasado.

Para George... «Amar sólo se puede conjugar en pasado. Yo amé... Querer es el presente, amar el pasado.»

George... El Sr. Martín... Cuánto aprendí sin buscarlo y cómo volvía todo a mí en aquellos momentos...

La maleta pasaba tan lentamente por el control que volví a pensar en aquel hombre corpulento que me ayudó cuando era un niño perdido que se había escapado de casa.

La verdad es que cuando lo conocí en aquel barco rumbo a Capri me sentía igual que aquella maleta en el control de seguridad.

Yo estaba engañándole y haciéndole ver que no era un niño que había huido, sino alguien que viajaba solo, pero él sabía que aquello no era cierto.

Él también tenía un radar para ver en mi interior. Para saber qué escondía y cuáles eran mis motivaciones ocultas. Detectaba mi olor... Mi olor a miedo y a pérdida total, pero jamás lo confiscó; me lo dejó pasar porque sabía que yo necesitaba hacer aquel viaje junto a él.

Recuerdo que George, justo cuando llegamos a su lugar de ejercicios en el barco, me dijo una frase que jamás olvidaré: «Es mejor perderse de pequeño... Porque si te pierdes de pequeño...

9

SI TE PIERDES DE PEQUEÑO, NO TE PERDERÁS DE MAYOR

...no te perderás de mayor». Y, seguidamente, me guiñó el ojo.

¿Cómo podía saber George que yo estaba tan perdido?

No le contesté nada. Absolutamente nada.

Él me miró y me preguntó la edad. Me di cuenta de que sabía parte de mí, de mi mundo de enano, y creo que se imaginaba que mi respuesta desvelaría mi mentira, mi huida y mis miedos...

Le mentí, le dije que rondaba los quince. Sé que no me creyó. Pero no quería confesarle que tenía trece años, que era enano y me sentía muy solo en este mundo. Tampoco deseaba explicarle nada de la muerte de mis padres ni de que estaba a cargo de mi hermano que me odiaba.

Y es que mi hermano, con los meses, se había convertido en un enano todavía más cascarrabias. Aunque yo tampoco estaba de muy buen humor; la ausencia de mi padre y de mi madre me dolía hasta extremos inimaginables.

Además, por todo ello teníamos trifulcas diarias. Cada vez que lo veía, cada vez que recordaba la promesa que le hice a mi madre, odiaba ser enano, aborrecía ser pequeño y ver mi extraño reflejo en el espejo.

Y la verdad es que en aquellos años aún parecía un niño y no un enano. Con trece, hay niños bajos porque todavía no han crecido suficiente, pero que a los catorce dan el estirón, aunque también hay auténticas jirafas que luego se quedan igual para el resto de su vida.

Yo sabía que si al cabo de un año no pegaba un estirón, entonces sí que me quedaría pequeño para mi edad. Y oficialmente sería un enano.

Los médicos decían que todo era posible. Mi genética para ellos era un misterio y podía derivar en enano o en gigantón como decía mi madre.

La barrera era los catorce. A los catorce ya no habría vuelta atrás, entonces se vería si se detenía mi crecimiento. Quizá por ello le dije a George que tenía quince; para situarme en una edad en la que todo ya hubiera pasado.

Y lo de mentirle sobre mi marcha de casa fue porque era realmente duro explicarle las razones de mi huida.

Una parte se debía al *bulling* que sufría en el colegio, otra en la muerte de mis padres y la última gran porción tenía que ver con ese ser enano y ser cuidado por un hermano con el que no sentía afinidad por razones que espero explicaros si tengo valor.

Quedarme enano... He de confesaros que eso me daba miedo...

Deseaba... Anhelaba ser fuerte y alto... Crecer.

Es difícil explicarlo con palabras, pero saber que no crecerás, que tu marca en la pared se mantendrá inmutable con el paso de los años es terrible para un niño, pero insoportable para un adulto.

Y no tiene que ver con lo que implica ser enano. Mis padres siempre llevaron con orgullo lo que eran, jamás les avergonzó.

Y a mi manera yo también lo llevaba bien. Desde los cinco fui consciente de que formábamos una familia diferente. Éramos como las otras familias pero en reducido. Mi hermano era bajo, mis padres también, y yo lo era más aún... Hasta compramos un perro mini, uno de esos salchicha... Todo a nuestra altura...

Pero tras la muerte de mis padres necesitaba cambiar, abandonar lo que ellos eran para convertirme en lo que yo jamás había sido.

Crecer significaba distanciarme del dolor... Crecer lo haría todo más soportable, porque me alejaría de ellos y sería más fácil olvidar su muerte, su entierro y la inmensa pena que me produjo perderlos.

George fue a buscar algo a la zona de equipajes. Daba la sensación de que era ajeno a todos aquellos pensamientos que había originado su pregunta sobre mi edad o quizá se imaginaba lo que había generado y me dejaba unos segundos para poder digerirlos.

A los pocos minutos regresó con un pesado saco rojo de boxeo y lo colgó en un asidero que parecía inútil hasta aquel instante en que encontró su función ideal. O quizá su destino fue siempre esperado...

Me extrañó que llevara aquel saco gigantesco en el barco. No me podía ni imaginar lo que pesaba, pero a mi modo de ver debía de superar la tonelada.

—¿Lleva un saco de boxeo de equipaje? —pregunté, finalmente.

—No es un saco, es parte de mi vida. Es como mi hijo, siempre va conmigo a todas partes.

—¿Su saco de boxeo es como su hijo? —Reí. Hacía días que no lo hacía.

Olvidarse de reír, un olvido imperdonable a cualquier edad. Un pecado mortal en la infancia.

—No te gusta que se rían de ti, ¿verdad? —dijo muy serio—. ¿Verdad? —volvió a preguntarme.

—No, no me gusta —admití—. Se han reído ya demasiado.

—Pues a mí tampoco me gusta —replicó secamente—. Este saco es mi mayor posesión. Y debo decirte que acepta como nadie los golpes. Cualquier gancho que le propines provocado por rabia, por problemas o por cualquier cosa horrible que te haya pasado, él lo absorberá, lo comprenderá y hará que te sientas mejor...

Una leve corriente de aire nos golpeó la cara. Olía a mar, me hizo recordar dónde me encontraba.

No podía apartar la mirada del saco mágico y George no la quitaba de mí.

—¿De verdad absorbe problemas? —pregunté.

—Lo hace. ¿Tú tienes muchos?

—Unos cuantos —respondí muy serio.

Él no rió. Se lo agradecí. Me miró fijamente y volvió de nuevo a la carga.

—¿Qué edad tienes? —volvió a preguntarme.

No se había creído mi mentira. Yo todavía no deseaba contestar a aquella pregunta, por todo lo que implicaba, pero creo que necesitaba confiar en alguien.

—Trece.

—Enorme valentía se necesita para marcharse de casa con trece años. —Me miró con respeto y continuó—: Si un niño se va de casa a esa edad es porque se siente obligado a ello para sobrevivir... Para crecer... ¿Tu problema tiene que ver con ello?

Asentí con la cabeza. No quería entrar en detalles. Pero aquel «para crecer» me había perforado el esófago... Ya sé que hablaba en sentido figurado, pero igualmente estaba siendo muy certero...

—Pégale al saco —me dijo—. Te sentirás mejor... Mucho mejor.

Estuve a punto de pegar con rabia, pero antes le miré y le hice la pregunta que hacía minutos que deseaba hacerle y que me desconcertaba enormemente.

—¿No tiene miedo de que le vean con un niño?

—¿Miedo de que me vean con un niño? —repitió—. ¿Vas a pegar tan fuerte al saco que me dará miedo estar cerca de ti?

Sonrió. Yo también. Había sido ingenioso.

—Ya me entiende. En el barco la gente se ha dado cuenta de que yo estaba solo. Además soy bajito, puedo aparentar ocho o nueve años y usted me ha llevado al otro lado del barco y no para de hablarme —volví a la carga siendo mucho más claro.

—Para mí no eres un niño, eres una energía —replicó—. Una energía que ahora está inestable...

Al pronunciar esas palabras, George me recordó mucho al Sr. Martín.

Ya sé que el Sr. Martín estaba a punto de morir y se encontraba débil en un hospital; en cambio, George estaba en plena forma en un barco rumbo a Capri. Pero había en ambos una especie de fuerza que me equilibraba. Como si formaran parte de mi mundo. Y cuando hablaban conseguían atraparme y que me interesase lo que me contaban... Poca gente más ha logrado esto en mi mundo, aunque no he dejado de buscarlo.

Y aunque yo no era consciente, justo en ese instante, en aquel barco, iba a recibir la lección más importante que nunca había escuchado...

Rectifico... Tengo la sensación de que la anciana que hablaba de «Si tú me dices ven...» superaría aquella lección. Aunque es difícil hacer un ranking de lecciones de vida... A los trece lo digieres todo de una manera y a los cuarenta de otra totalmente diferente...

Pero volvamos a aquel momento, cuando George me contó su teoría, su lección...

Como pasa siempre en la vida, en aquel instante no le di tanto valor. Ahora es cuando comprendo su sentido. No sé cómo pude estar tantos años viviendo de espaldas a sus palabras...

—Somos energía —me dijo mientras sostenía el saco, inmóvil, esperando mi golpe—. Energía es lo que yo veo en todo este mundo.

»Energías que te inundan cuando las ves, cuando las escuchas, cuando las quieres, cuando te diste cuenta de que las amabas...

»Energías que te permiten encontrar tus sendas.

»Las energías no se pueden fingir, son las que son. Te pueden ayudar a ver tu futuro o devolverte a tu niñez o a tu adolescencia.

»Yo busco energías. No me importa la edad, el sexo o el aspecto físico.

»Tras los cuerpos, tras las palabras, tras el amor, tras el deseo están esas energías poderosas.

»Somos cazadores de energías, Dani. Y haciendo deporte, estando en forma, consigues ser mejor cazador.

»Afina tu cuerpo y tus propias energías, así estarás encauzado para poder lograr las otras que necesitas.

»¿Sabes cuántas energías has de encontrar para completar tu vida?

No entendía casi nada, pero negué con la cabeza. No deseaba que parase.

—Tan sólo cuatro que te impacten. Es suficiente.

Me miró a los ojos.

—Golpea, golpea con rabia. Transforma tu problema en un golpe y sacude el saco. Él se portará bien contigo, te lo prometo...

Pensé en mi hermano cabrón, en lo mal que me lo estaba haciendo pasar. Espero tener fuerza y hablaros de él en algún momento...

También pensé en la muerte de mis padres. En cuánto los necesitaba en mi vida...Y en la ilusión que les haría que yo creciera y en la sensación de que no lo estaba logrando mezclada con la impotencia de ir hacia lo desconocido y el miedo que esto me producía.

Lancé el puño con toda mi fuerza y con la velocidad de todos mis problemas y la amplitud de todas mis preocupaciones.

Añadí en el último instante la soledad, el dolor y la falta de cariño.

Todo eso hizo que el impacto contra el saco fuera brutal. Estoy seguro de que jamás había recibido un golpe con tanta cantidad de matices de problemas diferentes.

Pensaba que me rompería unos cuantos dedos, pero en lugar de eso descubrí que el saco aceptaba mi golpe y noté cómo mi pequeña y huesuda mano se insertaba mullidamente en aquella tela.

Sentí un extraño placer.

El dolor se había convertido en placer. Sonreí.

—¿Tienes donde pasar la noche? —dijo George mientras me indicaba con la mirada que entrábamos en el puerto de Capri.

Negué con la cabeza.

—¿Vienes a casa? —me preguntó.

Me gustó que dijese «casa» y no «mi casa». Fue como si fuera nuestra.

Asentí con la cabeza. No le tenía miedo.

Pegué cuatro golpes y luego cuatro más. Así hasta llegar a la veintena. Y luego veinte más y seguidamente otros cuarenta...

Creo que solté unos doscientos ganchos y poco a poco me fui sintiendo mejor, y aunque cada vez sacudía con más fuerza... notaba cómo aquel saco extraño absorbía toda mi rabia y me devolvía placer y bienestar.

Rabia absorbida.

Ojalá ahora tuviera el saco, necesitaba extraer tanta rabia, tantos problemas...

10

LOS PAÑUELOS ROJOS OCULTAN LOS MORADOS

Ojalá lo tuviera... El de seguridad me llamó.

Yo sonreí aliviado. Creo que debía de ser la primera persona que se alegraba de que le llamaran la atención en un aeropuerto.

—¿Es suya esta maleta?

—Sí —dije esperanzado.

—Lleva algo que no está permitido —afirmó.

—¿De veras? —respondí haciéndome el sorprendido.

No sé por qué, pero me gustó hacer un poco de teatro en ese instante.

Comenzó a abrir mi maleta. Yo seguía feliz, deseaba tanto librarme de ese olor...

—¿De qué se ríe? —me preguntó el hombre uniformado un tanto escamado.

—De nada —repliqué—. Cosas mías.

Metió sus manos sin ninguna consideración dentro de mi maleta y comenzó a revolver toda la ropa sin compasión.

Yo respiré tranquilo. Si lo confiscaba, podría centrarme. Necesitaba equilibrarme...

Aunque igualmente aquello era duro... Perder aquel olor, era como perderla por segunda vez.

Instintivamente, mientras él rebuscaba en mi maleta, yo busqué en mi móvil... Deseaba encontrar algún mensaje suyo, algo que me diera alas para creer que nuestra relación todavía podía salvarse...

Pero no había rastro de ella en mi móvil.

Sentí una punzada dentro de mí. Lo peor de las rupturas es que si no hay ningún signo de remordimiento en la hora posterior, todo se ha acabado. Si lo hay, quizá se pueda solucionar.

—No puede llevar esto.

Sus dedos extrajeron de la maleta mi faro plateado que acababa en monóculo. Aquélla era mi posesión más preciada.

Esperé que sacara algo más de la maleta. Pero seguidamente la cerró. Era imposible que no hubiera visto ese frasco repleto de su perfume.

Es increíble cómo los pañuelos rojos pueden ocultar los morados.

Aquel hombre seguía con mi faro metálico en las manos y me miraba con tal rabia que parecía que hubiera encontrado un revólver con empuñadura de nácar.

—Es un faro junto a un monóculo, es inofensivo —le expliqué—. Ninguna de las dos cosas sirve ni para matar ni para herir.

—Si le quita el monóculo puede ser punzante —dijo tocando un extremo.

—Y si le pone muchas balas dentro podría llegar a convertirse en una metralleta... —respondí agobiado.

Él me miró con cara de pocos amigos, creo que no había entendido la ironía; lo peor que puedes hacer con ese tipo de gente es burlarte de ellos. Porque entonces sale su yo más cabrón.

—Voy a tener que confiscárselo —dijo con un tono que mezclaba autoridad y muy mala leche.

Al escuchar eso, al pensar que podía perderlo, salió mi yo más fiero. El bipolar que casi todos llevamos dentro. Y es que cuando me enfado pierdo el control; es como si algo en mí se activara y no se pudiera desactivar si no digo todo lo que pienso.

Me activan las injusticias, el dolor ajeno, el dolor propio, las humillaciones y la incomprensión.

Y cuando me activo, mis ojos adquieren una intensidad que parece que sea capaz de cometer una auténtica locura. Mis palabras suben uno o dos tonos y siento que no me tranquilizo hasta sacarlo todo.

No consigo casi nunca mi objetivo cuando estoy en ese estado, pero al menos me desfogo.

Sé que lo podría corregir, pero creo que forma parte de mi carácter y me equilibra.

Así que comencé a perder el control. Empecé a vociferar a aquel tipo, a intentar darle a entender que aquel faro acabado en monóculo era un regalo que no podía perder en la vida. Le relaté que era algo que siempre llevaba encima, que me daba seguridad y que no podía desprenderme de él por nada en el mundo... Todo esto dicho con los peores modos posibles y añadiendo insultos y tacos.

Os he de confesar que esas palabras ya no las decía yo, sino el chaval de diez años, el que estuvo pendiente de aquel hombre durante su operación y que obtuvo muchas recompensas emocionales y una material en forma de faro metálico. Fue su último regalo. Y yo le prometí que jamás lo perdería y que siempre lo cuidaría.

Y es que aquellas últimas horas junto al Sr. Martín forman parte ya de mi ADN... Del enano que fui y al que por una vez alguien decidió tratar como un adulto.

Siempre he creído que en la vida hay personas que te alimentan, que te quieren y que necesitas de tal manera que cuando los pierdes nadie puede llenar ese vacío.

Perder a mis padres tan joven me privó de esas llamadas sin sentido que sólo querrían saber sobre mí, sobre mi mundo y mis pequeñas cosas.

Cuando la madre de ella la llamaba y le preguntaba cómo estaba o si tenía el abrigo preparado porque llegaba el invierno... Yo sentía tanta envidia...

Desearía que existiese una persona así en mi mundo... Una madre o un padre que me llamase para preguntarme si iré a comer ese domingo, si estoy bien, si soy feliz, si tengo suficientes calcetines, si ahorro, si estoy convencido de estar con esa chica, si voy a tener niños con ella, y cuándo y cómo los educaré.

Mis padres se marcharon y esas preguntas ya nadie me las hizo. Mi hermano pudo haber cogido el relevo, pero no me habla desde hace casi una década...

Mis centímetros de más nos separaron. Aunque tampoco fueron sólo los centímetros, fue el estar o no estar orgulloso de quienes eran mis padres.

No entendió jamás que desear crecer no tuvo nada que ver con el orgullo, sino con una promesa que debía cumplir aunque aquellos con los que me comprometí ya no estaban a mi lado.

Y perder al Sr. Martín también me arrebató cosas... Porque con él se fue parte de mi infancia, de la creencia de que la muerte era aquello que le pasaba a otro y que ni remotamente tenía que ver conmigo. Qué equivocado estaba...

Seguía gritando al de seguridad y a la vez mi móvil sonaba... El padre de Capri estaba nervioso, su hijo me necesitaba y yo tan sólo podía pensar en el Sr. Martín y en recuperar mi faro...

Un niño perdido y un faro a punto de perderse...

11

SON PARTE DE MÍ...

REFLEJOS DE MI MIRADA

Entré en la UVI lentamente y noté cómo todos se giraban ante mi pequeña presencia.

Tenía miedo, sabía que era su acompañante y debía estar con él, pero todo aquello me daba pánico. Tan sólo había entrado en aquel hospital para que me extrajeran las amígdalas, mi viaje teóricamente debía ser muy corto. La UVI no entraba en la ruta.

El resto de los enfermos ingresados allí no paraban de mirarme. Aunque en aquel momento la diferencia y el matiz entre enano y niño eran ínfimos, creo que presentían algo diferente en mí.

La enfermera que había venido a buscarme a la habitación iba delante de mí y yo la seguía como aquel a quien llevan ante la presencia de alguien que le busca con urgencia.

A partir de cierto instante, decidí bajar la mirada; ya no deseaba observar a ninguno de los habitantes de aquel lugar donde se mezclaban gritos, ronquidos y dolores silenciados.

La galería y la diversidad de estos tres tipos de sonidos

me ponían los pelos de punta. Aún no había descubierto mi don, así que creo recordar que realmente me los ponían.

Llegamos al final de la sala y lo vi.

Parecía que hubiera envejecido cinco años, aunque tan sólo habían pasado cinco horas.

Tenía el torso al descubierto y estaba repleto de gasas que le daban un aire de marajá.

Además salían de él una decena de cables que partían de diversos sitios de su cuerpo y le extraían parte de sí mismo...

—Ahora volveré, siéntate a su lado —dijo la enfermera tendiéndome un pequeño taburete de madera.

Cogí el taburete con una mano y lo acerqué lentamente a su cama. En la otra llevaba sus objetos, todo lo que había encontrado en sus cajones... Las fotos de los faros... La lista de números... El extraño artilugio mitad faro-mitad monóculo...

Su respiración era muy fuerte, parecía que inspiraba por cuatro.

Sus ojos estaban levemente cerrados, supuse que debido a la anestesia.

Era el mismo Sr. Martín que había conocido, pero como aletargado... Parecía un animal herido al que le han disparado sin compasión en numerosas ocasiones.

Tardé en sentarme a su lado. Notaba el tacto de la madera del taburete en una de mis manos y el extraño roce que me producían todos aquellos objetos que le había robado en la otra.

Me sentía un intruso en aquella UVI; por eso tenía miedo de sentarme a su lado.

Sentía que estaba usurpando el lugar de otra persona que lo conociese mejor, entendiera su mundo y fuese digno de estar cerca de él en aquellos duros momentos.

Pero allí no había nadie más; además, él había dicho que ese tipo de personas ya no existían en su mundo...

Dudé nuevamente, pero al final decidí sentarme a su lado.

Situé con lentitud el taburete a la altura del suero que lo alimentaba. Pensé que el sitio idóneo era estar bajo el parasol que lo nutría.

Deposité las cartas, las fotos y aquel extraño objeto sobre la pequeña mesita que había a su lado. Era curioso saber que todo aquello había viajado de una mesita a otra...

El Sr. Martín seguía con los ojos cerrados. Su mano izquierda se hallaba muy cerca de mí, sus dedos estaban ligeramente separados unos de otros.

Acerqué mi mano a la suya, pero no llegué a tocarlo, me quedé justo a medio centímetro.

No sentí que lo conociera tanto como para cogerle la mano, aunque estuviera al borde de su muerte.

Aquel pensamiento ocupó mi mente sólo un instante, aunque debió de ser muy intenso porque al momento escuché...

—¿Temes coger la mano de un moribundo, Dani?

Me asusté.

Le miré. Había abierto ligeramente los ojos. Me observaba...

Su mirada tenía la misma intensidad que cuando le había conocido, aunque parecía como si el gasoil que alimentaba sus venas hubiera perdido octanos. Algo en él iba a otro ritmo, a otra velocidad.

Notabas su poderosa fuerza, pero sabías que tarde o temprano se paralizaría.

Le sonreí y le cogí su mano. Fue instintivo.

—Aún me noto un pulmón —dijo tocándose el pecho—. Eso es que algo no ha ido bien, ¿verdad?

—Eso creo —respondí apretando su mano con fuerza.

—¿Te han dicho si me estoy muriendo, joven Dani?

«Joven Dani»... Nadie me ha vuelto a llamar así jamás.

Lo miré y supe que existen instantes en la vida en los que hay que decir la verdad y otros en los que hay que mentir...

—Sí, creo que se va a morir.

Ése era uno de esos momentos en los que había que decir la verdad, porque sabía que aunque le hubiese mentido no me hubiera creído.

—Gracias —contestó muy sereno—. Te lo agradezco, joven Dani.

Volvió la cabeza hacia la mesita como sabiendo lo que había allí, como si lo percibiera... Vio de reojo sus pertenencias trasladadas.

—¿Te has puesto al día sobre mi vida?

—Lo he intentado...

—Me gustas. —Sus ojos se cerraron levemente, aunque enseguida volvieron a abrirse—. ¿Sabes de qué son esas fotos?

—Son faros, ¿no?

Se puso a reír. No supe por qué... Aunque su potente risa se convirtió en pocos segundos en una tos profunda.

Odio cuando las risas cambian a toses o a lágrimas. Cuando el sonido emocional de nuestro cuerpo se modifica sin nuestro propio control.

Paró de toser.

—¿Me acercas las fotografías?

Dejé un instante su mano. Le pasé las fotos y las cartas, y enseguida volví a acariciar sus dedos.

Tocarlos era como mi salvavidas para no perder mi entereza.

Aquella situación era tan intensa que me superaba.

—No son sólo faros. Son parte de mí —dijo mientras miraba con extremo cariño cada foto—. Reflejos de mi mirada. —Hizo una leve pausa—. Yo he sido oculista de muchos de esos faros. Los he arreglado durante años, a eso me dedicaba...

Seguidamente respiró fuerte y a los pocos segundos continuó hablando...

—Visitarlos me producía la misma alegría que reencontrar a un hijo. Un hijo que siempre te mira de reojo y que constantemente vigila que nadie tenga un accidente.

»Entrar en ellos era como sentir sus tripas y tocar su esófago... Es el lugar donde más yo me he sentido en este universo...

Volvió a cerrar levemente los ojos.

No deseaba perderlo. Apreté con toda la fuerza que pude su mano.

—Aquí estoy, joven Dani. —Sonrió ligeramente—. ¿Por dónde íbamos?

—Me hablaba de sus faros.

—Mis faros, es verdad... —repitió sin aportar nada nuevo y a punto de caer nuevamente en el sueño.

—¿Y los adjetivos que hay detrás de los faros? —pregunté para que siguiera conversando conmigo—. ¿Es como se sentía al reencontrarlos?

Sonrió nuevamente.

—No... —Hizo una pausa larga—. Es como se sentían ellos. Cómo yo percibía que ellos se sentían.

Cogió unas cuantas fotos de esos faros, comenzó a darles la vuelta para ver los adjetivos y me los fue comentando lentamente...

—Algunos se sentían viejos, tristes... Otros, afortunados, felices, útiles... La mayoría cansados... Yo los arreglaba y me quedaba siempre a pasar la noche. Acariciaba su lomo desde el exterior, ponía mi oreja contra ellos y escuchaba todo lo que tenían que contarme. Han salvado tantas y tantas vidas...

Le miré. Sabía que los faros no estaban vivos, pero él hablaba con tanta realidad y fuerza de ellos que me hacía dudarlo...

Le observé fijamente; él también me miraba esperando mi veredicto. No deseaba darle la razón simplemente porque se estaba muriendo. Eso no era justo.

—Los faros no están vivos, Sr. Martín —sentencié.

No dijo nada. Siguió mirándome un largo rato.

—¿Qué es estar vivo? —me preguntó.

Odio cuando te hacen preguntas que sabes que son absurdas o que tienen trampa o que son incontestables. No contesté.

—Estar vivo es... dar vida —se respondió a sí mismo—. Dar vida a los que te rodean. Cualquier cosa que dé vida está viva, recuérdalo. Imagínate las vidas que han salvado esos faros, las vidas que han evitado que se hundan en la mar...

De repente sonrió. Creo que había recordado algo personal que ejemplificaría más ese «dar vida»...

—Con diecisiete años me enamoré de una maniquí...

Rió tan fuerte que las tres enfermeras de la UVI se volvieron.

—Era una maniquí preciosa. Cada día a las tres de la tarde pasaba por delante de aquélla tienda y admiraba su porte, la elegancia con la que llevaba los vestidos, su forma de observar a los transeúntes y cómo dominaba todo el aparador con esa quietud.

»Me gustaba tanto que no pude conformarme con verla desde fuera. Cumplí los dieciocho y entré a trabajar como vendedor en la tienda.

»Y entonces pude cuidarla, defenderla de los compradores que siempre querían llevarse su ropa, pues creían que era la que mejor les sentaría.

»Puedo asegurarte que jamás le quitaron una prenda; no lo permití. Hubiera sido humillante para ella quedarse desnuda en mitad de su aparador.

Volvió a sonreír, pero esta vez noté algo de nostalgia en su rostro.

—¿Sabes, joven Dani?, cada noche después de cerrar la tienda, yo ponía una canción y la bailábamos juntos...

»Ése era nuestro instante, sólo nuestro. Ella estaba viva... Porque me daba vida... —Me miró fijamente—. ¿Quieres saber las leyes para ser feliz en este mundo?

Me quedé sorprendido, no me esperaba en absoluto esa pregunta justo después de hablar de faros a los que se le acarician los lomos y maniquíes que bailan con vendedores al anochecer.

Ahora era él quien apretaba mi mano con fuerza. Con mucha fuerza...

—¿Quieres, joven Dani? ¿Te atreves a escuchar un código que te producirá felicidad sin límites?

Antes de que pudiera decir que sí, la enfermera llegó y me comunicó que debía marcharme porque se había acabado la hora de visitas.

Protesté ligeramente. En aquel tiempo no era tan beligerante y, además, sabía que el Sr. Martín necesitaba descansar.

Mientras salía de aquella UVI con sus objetos preciados, temí que mi felicidad futura muriera con él... Que jamás me contara ese código y yo estuviera siempre perdido...

12

TODO LO QUE ANTES HABÍA SIDO AMOR

—Abróchese el cinturón.

Aquella azafata que se preocupaba tanto por mi seguridad me apartó del recuerdo del hombre que poseía mi felicidad eterna.

Seguridad versus felicidad. En mi mano conservaba el faro de plata redondeado en forma de monóculo.

Aquella vez, mis súplicas habían conseguido el objetivo deseado; o quizá simplemente aquel guardia de seguridad había sentido empatía por mi historia porque también conoció a un Sr. Martín en su vida.

Lo que no logré fue desprenderme de su olor; después de aquella victoria no podía pedirle otro favor. Su fragancia estaba ahora encima de mi cabeza y podía percibirla.

Pensé que no perderla era una señal de que no era todavía el momento...

Apreté con fuerza el faro como en su día había apretado la mano del Sr. Martín.

Decidí que era hora de trabajar. Debía ocuparme de un niño desaparecido. En menos de dos horas, su padre querría hacerme un montón de preguntas y para eso antes yo necesitaba tener unas cuantas respuestas.

De camino a la pista de despegue, activé el correo electrónico de mi móvil y entró rápidamente el dossier que el padre me había enviado.

Sonreí. La tecnología todavía me fascina.

—Debe apagar el móvil.

Los policías disfrazados de azafata también me fascinan.

Yo necesitaba ver el rostro del niño desaparecido antes de despegar; me ayudaría mucho, pero aquella mujer no se apartaba de mí.

Quería ver su cara porque sabía que conectaría más con él. Siempre empatizaba con los chavales desaparecidos en cuanto les veía el rostro... Y es que entonces recordaba el mío propio cuando me fugué, y todo aquello me aportaba fuerza para la búsqueda.

Volví a pensar en la frase de George sobre perderse de pequeño para evitar perderse de mayor. En estos instantes de mi vida no estaba muy de acuerdo con aquella sentencia. Yo me había perdido de pequeño y ahora estaba totalmente perdido de mayor.

Apagué el móvil.

La azafata se marchó feliz tras su pequeña gran victoria.

Estábamos a punto de despegar. Inconscientemente, me palpé el bolsillo interior de mi americana. Siempre lo hacía antes de comenzar un viaje en coche, barco o avión.

Sentí alivio al notar el pequeño saquito negro donde llevaba mis dos anillos.

Uno era el de mi padre. Se lo quité el día del entierro. Jamás me lo había puesto. Mi padre se llama Mikel, en el anillo tan sólo quedaba grabado «mi», el «kel» se había borrado con los años.

Ese «mi» significaba muchas cosas... Mi padre, mi destino, mi anillo, mi fuerza... Mi...

Aunque yo todavía no era digno de él... Cuando él llevaba puesto el «mi», ese anillo hasta brillaba porque poseía una fuerza increíble...

El otro anillo que llevaba era el que ella me había regalado el día que me quiso al máximo. Sé que es difícil de creer que yo sepa cuál fue el día exacto que me quiso hasta el nivel más alto.

Pero os juro que cuando se acaba una relación, puedes llegar a saber cuál fue ese día. Lo notas... lo presientes...

Supongo que cuando recorres el trayecto, ver los altos y los bajos es imposible, pero cuando la carrera acaba puedes percibirlos claramente.

Sé que os debo todavía explicar mi relación. Os lo prometí. Debo hablaros de ella, de cómo la conocí, de cómo me cautivó, de cuántos errores cometí, del porqué los hice y de cómo ellos habían acabado con todo lo que antes había sido amor. Todo lo que antes había sido amor...

George me dijo una vez que es imposible entender una relación si no has visto a una pareja discutir, amarse y dormir junta.

Discutir, amar y dormir...

El avión despegó y apreté con fuerza los dos anillos; me

daban la seguridad de que nada malo pasaría... Y es que desprendían la fuerza de las personas que más he amado...

Lamenté no haber visto la foto del chaval desaparecido, deseaba volver a mis días como niño perdido.

Tras el despegue, decidí cerrar los ojos, obviar el viaje y recordar un poco más mis días junto a George...

13

APRENDER A CAER ANTES QUE A CAMINAR

Después de despegar, volví al instante en que el barco atracaba en Capri.

George cogió el saco de boxeo y se lo colocó en la espalda. Temí que su pierna ortopédica cediera ante el peso de aquel inmenso saco que yo había golpeado con tanta y tanta fuerza minutos antes.

—¿Temes que me caiga al suelo? —dijo mientras bajaba una pasarela intransitable aunque no llevaras nada a cuestas.

—Un poco —contesté apartándome ligeramente de él para que no me aplastara si tropezaba.

—Nunca me he caído. No sufras. Antes de enseñarme a caminar con la pierna, me enseñaron a caer.

—¿Antes a caer que a caminar? —indagué curioso.

—Sí, así perdí el miedo a las caídas. Y si pierdes el miedo a las caídas, caminas mejor y hasta puedes atreverte a correr.

»Todo en la vida debería ser así. Primero caerse y luego caminar.

Sonreí, me acerqué a él, quería que supiera que confiaba en sus andares.

—¿Qué edad tenía cuando la perdió? —pregunté.

—La misma que tú cuando decidiste escaparte.

No se volvió, pero noté su media sonrisa plagada de ironía.

Me enfureció.

—No me he escapado. Ya se lo dije —insistí.

—Entonces... ¿qué ha pasado?

—Me he ido —afirmé con seguridad.

No preguntó nada más. Continuamos caminando en silencio durante treinta minutos.

Sufrimos cuestas imposibles, giros muy cerrados, largas calles... Él jamás varió el paso, siempre constante, siempre al mismo ritmo.

Llegamos finalmente delante de una pequeña casa blanquecina.

La puerta estaba abierta. No metió llave alguna.

Entramos, bajó el saco por una escalera que conducía a una planta inferior. Yo me quedé esperando en la puerta.

Dudé si marcharme. Fue tan sólo un pensamiento que surgió de quedarme sin su influjo.

Pero no lo hice, sabía que todavía debía aprender mucho de él. Además, no puedo negaros que no deseaba estar solo.

Volvió a los pocos segundos, caminaba igual de rápido que cuando portaba el saco.

Nos dirigimos hacia el centro de la casa. O lo que a mí me pareció su centro de gravedad. Toda la vivienda estaba muy oscura.

Él abrió las ventanas principales de la casa y apareció un

increíble balcón de la nada. Me había confundido; ése era el verdadero centro.

Salí a la impresionante terraza y me fascinaron aquellas excelentes vistas que abarcaban casi toda la costa de Capri.

No me había percatado que al subir tantas cuestas nos habíamos situado en una elevación privilegiada.

A veces, en la vida pasa lo mismo: la dificultad de la pendiente te hace olvidar que no paras de progresar y subir.

Miré esa postal de Capri y en ese mismo instante me di cuenta de que era muy afortunado.

De repente vi que un lado de la costa estaba coronado por un faro cuya intensidad me tocaba a pesar de su lejanía.

Además, no era un faro cualquiera, era uno que yo conocía muy bien... Aquel faro mágico era la razón por la que yo había decidido escaparme a esa isla.

Busqué en mi bolsillo y saqué el faro de plata coronado por un monóculo. Lo miré a escondidas; no deseaba que George supiera nada de eso. Luego miré el modelo a tamaño real.

Eran iguales; uno en pequeño y hecho de plata, y el otro gigantesco y que me parecía de oro. El gigantón estaba delante y el enano en mi mano.

El Sr. Martín me dijo que ese faro de Capri era su hijo favorito. Es por ello por lo que lo inmortalizó en metal.

Cuánto necesitaba recordar al Sr. Martín, sus enseñanzas, su mundo...

Miré a George y supe que necesitaba que ambos se unieran en aquel instante tan placentero para mí. Y es que en ese momento yo estaba justo donde deseaba estar.

—¿Tiene una cámara de fotos? —le pregunté.

Asintió y fue a buscarla a un cajón de una mesita de la sala principal. Siempre las mesitas y los objetos que contienen.

La trajo y vi que era una cámara tradicional de película fotográfica.

—Me encanta el placer de revelar. —Parecía que se justificaba, pero creo que presumía de ello—. La no inmediatez...

—¿Las revela usted?

—Sí, si quieres luego te enseño. —Me pasó la cámara—. Tómate tu tiempo en hacer la foto, sólo quedan dos disparos en este carrete. ¿Quieres retratar la bahía?

—No.

Cogí la cámara y le enfoqué. Él bajó ligeramente la mirada.

De fondo estaba el faro desenfocado. Orgulloso. Noté cómo el faro se cuadraba ante el objetivo.

Probé de enfocarlos juntos. Era difícil.

Al final, con tiempo, como él me aconsejó, conseguí medio enfoque de ambos. Yo también estaba orgulloso.

Sabía que una vez tuviera la foto en mis manos escribiría detrás de ella «afortunado» u «orgulloso». Ambos adjetivos eran idóneos. Aunque yo ya sabía cuál era el real, el que el Sr. Martín le puso.

George cogió la cámara una vez hecha la foto y me hizo una a mí también con el faro de fondo.

Siempre sabía lo que estaba pasando, lo que yo pensaba.

Fue tan rápido su disparo que no pude ni sonreír ni poner ningún tipo de mueca.

Justo después de hacer la foto, el carrete comenzó a girar a toda velocidad. Parecía que aquella película chillara de felicidad por poder volver finalmente a casa.

Al oír ese sonido me di cuenta de que hacía ya mucho tiempo que lo había olvidado...

—Hemos de llamar a tus padres —dijo rompiendo el sonido y el instante—. Estarán preocupados.

—No tengo padres —repliqué secamente.

Noté en su mirada una leve tristeza.

—Pues a la familia que te cuida... y te quiere.

Me gustó la pausa que hizo entre «te cuida» y «te quiere». Seguro que significaba algo en su mundo.

—Tampoco la hay —contesté.

No mentía.

Hacía años que mi hermano no me quería ni me cuidaba. Si hubiese dicho la «familia que te aguanta y te soporta», entonces hubiera tenido que decirle la verdad.

El sol comenzaba a huir como siempre a esas horas.

Él me miraba intensamente.

—¿Has visto *Horizontes de grandeza*? —me preguntó cambiando de tema.

—¿Es una película? —indagué.

Sonrió y acabó riendo.

—Es la película.

Se acercó a mí y por primera vez me tocó.

Depositó su mano ligeramente en mi hombro.

—Te gustará. Habla de alguien que lucha contra todo. Y también va de la inmensidad del mundo y de nuestra pequeñez. ¿Te apetece verla?

Dudé. Él insistió.

—Podemos mirarla mientras cenamos algo y luego revelamos el carrete.

Yo continuaba dudando. Él seguía intentando convencerme.

—En este carrete hay fotos hechas hace casi siete años. Tengo muchas ganas de contemplarlas, he esperado mucho tiempo... Pero deseo disfrutar antes con algo majestuoso. Si algo es mítico, se debe potenciar...

Le miré.

—¿Siete años llevan las fotos en ese carrete?

—Sí.

—¿Y por qué no las reveló antes? Se habrán estropeado.

—Puede... Pero no tenía nada más que fotografiar. Dejar esas dos fotos en negro no me hubiera parecido bien. Es un carrete de veinticuatro instantáneas, merece sentirse totalmente útil... —Hizo una pausa—. Además, se me hacía difícil ver esas fotos, pues perdí hace años a la persona que aparece en ellas.

El silencio se hizo tan profundo que no fui capaz de romperlo.

Él observaba la costa y yo le miraba a él. Justo al revés que en aquel barco de Capri, cuando yo miraba el saco y él me observaba a mí.

Así transcurrieron unos buenos diez minutos.

Finalmente decidí salir en su rescate.

—¿Es tan buena esa película como dice?

Le rescaté.

—Es la mejor. —Volvió a recuperar su felicidad—. Te propongo algo: quédate aquí tres días, te enseñaré a ser fuerte con el deporte, veremos cada noche un clásico de vida y revelaremos lentamente las fotos... Ocho antes de cada amanecer.

—¿Y luego?... —pregunté—. Tras los tres días...

Me imaginaba la respuesta, pero quería escucharla de sus labios.

—Luego deberás volver. Pero lo importante es que durante tres noches pararemos el mundo.

—¿Pararemos el mundo?

Asintió.

Me tocó por segunda vez el hombro y en esa ocasión, además, me acarició el cabello con suavidad.

—¿Nunca has parado el mundo?

—¿Qué es parar el mundo?

—Parar el mundo es decidir conscientemente que vas a salir de él para mejorarte y mejorarlo. Para poder moverte y moverlo mejor.

»En ese tiempo debes intentar que nadie ni nada te cree problemas.

»Alimentarte de buena literatura, de buen cine y, sobre todo, de la conversación de una única persona que te inspire en este mundo. ¿Y sabes qué...?

—¿Qué? —dije emocionado y fascinado.

—Luego el mundo te premia. El universo conspira a favor de los que lo mueven. Y ésos son los que lo paran. ¿Tú quieres mover el mundo o que te mueva?

—Moverlo —dije con seguridad—. ¡Moverlo!

Él se unió a mí y comenzó a gritar conmigo: «Moverlo, moverlo».

Y todo lo que lo moveríamos... Parándolo...

14

UNA MANO LLENA DE ESPERANZA Y UN CHEQUE EN BLANCO

En aquel avión rumbo a Nápoles me di cuenta de que no había vuelto a parar el mundo desde la última vez que lo hice junto a él.

No sé por qué di tan poco valor a sus enseñanzas, cómo pude olvidarlas.

La verdad es que creé y aprendí tanto cuando paré el mundo...

Aunque quizá dejé de parar mundos porque no encontré a otra persona con quien hacerlo.

George me advirtió que se necesitaban dos personas para parar el mundo. Que uno solo jamás tiene fuerza suficiente para detenerlo.

El avión aterrizó demostrando que mi mundo en aquel instante no dejaba de girar.

Tan sólo aterrizar, encendí el móvil y miré el rostro del chico desaparecido. Tenía casi diez años y en su cara se reflejaba una vitalidad y una felicidad extraordinarias.

Los padres siempre envían las mejores fotos de sus hijos, aquellas en las que están más lindos, más saludables, aunque yo siempre necesito la otra, en la que están tristes, enfadados o un poco disgustados.

La cara de un niño cambia tanto con las emociones, que si no tienes la foto correcta puedes acabar encontrando al chico erróneo.

Había desaparecido hacía dos días. En realidad lo habían secuestrado si hacíamos caso a la documentación que me había adjuntado el padre.

Había añadido también en el mail la carta que les había enviado el presunto secuestrador.

No la leí, nunca lo hacía; antes deseaba conocer a los padres, visitar su colegio, ver la habitación del chico... Antes de llegar al final de la película debía sentirla desde el inicio.

He de entender primero al hijo, luego al padre y, finalmente, al posible secuestrador.

Por el momento, la policía no estaba avisada. Los padres casi siempre respetan las condiciones de la persona que tiene retenido a su hijo.

Pero cuando pasaran setenta y dos horas, sucumbirían y les llamarían. Ése es el máximo tiempo que puedes estar sin tu hijo sin clamarlo a los cuatro vientos.

Según lo que relataba el padre, el chico salió del colegio a las cinco y no llegó jamás a casa. Nadie lo vio entrar en ningún coche sospechoso. No había ninguna pista más...

La historia comenzaba como tantas: un niño que se esfuma de la faz de la tierra sin dejar rastro. Siempre empiezan así...

Aunque yo también siempre he creído que eso no es del todo cierto. Un niño no desaparece porque sí. O se va o se lo llevan. No hay más. Y si se va es porque su vida está siendo muy puta.

Lo peor de mi trabajo es cuando averiguo que al niño realmente se lo han llevado y que es casi imposible encontrarlo. De vez en cuando pasa, yo no soy infalible...

A veces hay gente en este mundo que se lleva a niños, se los queda y los exprime sin sentido.

Odio tanto a esas personas... Cuando me encuentro con una de ellas sería capaz de matarla. Siempre debo retenerme, aunque sé que alguna vez no podré y cometeré una locura.

Mi odio hacia alguien que le quita a un niño parte de su infancia es grandioso. A mi entender, ése es uno de los mayores crímenes que existen, ese robo de la inocencia...

Fuera del aeropuerto me esperaba el padre del niño.

Supe que era él sólo con verlo; no hacía falta que llevase un cartel o una ropa especial. Sus ojos eran su seña de identidad... Irradiaban cansancio, se notaba que llevaba sin dormir el mismo tiempo que su hijo andaba desaparecido.

Me dio la mano y un cheque a la vez. La mano estaba llena de esperanza; el cheque, en blanco.

—Ponga la cantidad que quiera. Es suyo si encuentra a mi hijo —fue lo primero que me dijo.

Acepté la mano y rechacé el cheque. No necesitaba incentivos.

Mi motor siempre era el mismo, encontrar al niño. Cobraba lo que consideraba justo; y nunca era un precio abusivo.

Aprovecharme de esa situación no me haría mejor que su posible captor.

Intenté ser todo lo frío que pude. Es importante la frialdad en mi trabajo. Esperanzas las justas; es lo que he aprendido con el tiempo.

Entramos en el coche. Era un vehículo muy caro.

Al arrancar acaricié con suavidad la bolsita con los anillos. Seguidamente observé al padre. Le costaba conducir; creo que hacía tiempo que no lo hacía. Debía de tener chófer, pero ese día no había querido traerlo. Seguramente no había hablado de la desaparición ni a sus más próximos.

Volví a centrarme en sus ojos que estaban muy hinchados por la falta de sueño y el abuso de las lágrimas. Ésa es la mezcla más poderosa que existe para agrandarlos.

—Haré todo lo posible —aseguré.

Me sorprendí diciendo esa frase en voz alta. No sé por qué la solté, supongo que estaba tocado por mi propia ruptura o quizá aquellos ojos me recordaban demasiado a los míos propios cuando con diez años perdí al Sr. Martín.

Y es que lloré tanto por él... La enfermera, al día siguiente, me dijo que había empeorado y le quedaban pocos días.

Saber que el Sr. Martín se moría lentamente en la UVI y que yo era la única persona en el mundo que me preocupaba por él me tenía totalmente angustiado.

Y lo peor es que no me dejaban verlo, pues yo también tenía que operarme y él no podía recibir visitas.

Lloré tanto en aquella habitación vacía que jamás llegamos a compartir...

Tenía mucho miedo de que se muriera. Miedo por perderlo y también porque jamás llegase a contarme cómo se consigue la felicidad.

Perder a alguien sin haber llegado a conocerlo te produce una impotencia tremenda.

Recuerdo que cada vez que se abría la puerta de mi habitación esperaba que fuera la enfermera en mi busca.

Pero nadie venía... Durante aquellos días sin poder verle me extirparon las amígdalas, me recuperé y revisé todos los objetos del Sr. Martín...

Casi me sabía todas sus fotos de faros de memoria; era como si fueran cromos de una colección juvenil de éxito. Hasta tenía mis favoritos y los había ordenado por países.

Finalmente, después de dos días sin noticias, cuando ya había perdido la esperanza y estaba a punto de volver a casa... llegó la enfermera...

Decidí trasladarme nuevamente a ese instante de mi niñez. Necesitaba evadirme de la tristeza de aquel padre hasta que llegáramos a su casa y pudiera ver la habitación del niño.

Miré otra vez sus ojos y me di cuenta de la cantidad de semejanzas que existen entre un par de ojos desolados.

Su mirada fue el pasaporte perfecto para volver a mi pasado...

15

MI SEGUNDA UVI

La segunda vez que pisé la UVI ya no entré poco a poco, sino con prisas, pues estaba temeroso de que me echaran rápidamente de allí.

Fui corriendo al lugar donde había visto por última vez al Sr. Martín, pero allí ya no había nadie. Tan sólo una cama vacía con el colchón recogido. Odio que los coloquen así; es señal de gran desgracia...

Me temí lo peor... La enfermera me miró con ese extraño rostro de quien no desea ser portador de malas noticias, pero sabe que es lo que debe hacer.

—Está en el ala de los muy graves —me soltó sin ninguna delicadeza.

Desconocía que hubiera un ala de muy graves en la UVI. Pensaba que estar en la UVI ya era gravísimo. Dudé si también habría un ala únicamente de tremendamente graves...

Luego, la vida me ha recordado en numerosas ocasiones que siempre hay un peldaño inferior al inferior y también uno superior al superior.

La enfermera me acompañó hasta una puerta que estaba

cerrada. Daba la sensación de que aquella entrada comunicaba con otra sala que estaba totalmente aislada del resto de los enfermos, tanto visual como sonoramente.

Supongo que nadie quiere ver morir a otra persona, ni siquiera los que están al borde de la muerte.

Abrí la puerta y en aquella estancia insonorizada había cinco o seis enfermos más... El último de todos era el Sr. Martín...

Tenía el triple de cables que la última vez que le había visto. Todo aquello le ayudaba a respirar, a controlar su corazón y a extraer y a insertar todo tipo de substancias en su cuerpo.

Me guiñó el ojo. Eso me dio esperanzas para no derrumbarme

Caminé hasta donde estaba. Me puse a su lado, cerca, muy cerca. Sentí su respiración; era muy débil en contraposición con la última vez que la había escuchado.

—¿Te han operado? ¿Estás bien? —fueron sus dos primeras preguntas.

—Sí, estoy bien Sr. Martín.

Sonrió y me tocó levemente el cuello a la altura donde antes estuvieron mis amígdalas.

—¿Y usted?

Hizo un gesto de circunstancias, de «Así es la vida»...

Existe ese gesto, os lo puedo asegurar y dice todo lo que acabo de explicaros.

Dejé nuevamente sus objetos fetiche en otra mesita al lado de su cama.

Aquella mesita era mucho más pequeña. Supongo que cuando la muerte se acerca, las mesitas también languidecen. Ya no tienes casi nada que guardar, por lo que tampoco necesitas mucho espacio...

Él sonrió al mirar aquellas fotos de faros y aquellos sobres con números en su interior.

—¿Sabes qué son los números que hay dentro?

Negué con la cabeza. Las palabras casi no me salían, temía que se muriese de un momento a otro.

—Mi padre era jugador de póquer. —Su voz también sonaba muy débil, pero se le entendía todo—. Desde pequeño, venía gente cada noche a jugar a casa. Traían puros, bebidas y pasaban ocho o diez horas seguidas jugando en el salón.

»Yo también dormía en aquel salón. En un sofá que había en una esquina del fondo. Mi padre me obligaba a dormir allí porque así podía vigilarme con un ojo mientras con el otro controlaba sus cinco cartas.

»Amaba el póquer tanto como a mí. Era un gran hombre que perdió a su mujer demasiado pronto y no quería perderse también la infancia de su hijo.

»Yo siempre le observaba con admiración cuando jugaba. Me entusiasmaba ver esas partidas de póquer llenas de matices y de emoción.

»Veía perder a unos, ganar a otros. Noche tras noche, la suerte cambiaba de mano y con él los ganadores y los perdedores.

»De tanto observarlos y sentirlos, al final sabía hasta con

los ojos cerrados quién hacía trampas o tenía un farol o una escalera real. Todo por la forma en la que respiraban, los cigarrillos que se encendían o un ligero cambio de cadencia en la forma de apostar o hablar.

»Eran detalles casi imperceptibles, pero para mí eran parte de la banda sonora de mi sueño y distinguía sus matices tanto dormido como despierto. Me convertí en un experto y, de vez en cuando, ayudaba a ganar a mi padre.

»Desde los siete años me enamoré de esa pasión incontrolable a la que llaman "juego".

»Aunque yo al juego le he llamado siempre "vida". Vida con azar, porque, ¿la vida no es azar también, joven Dani?

Afirmé levemente. No podía dejar de mirarlo. Sus ojos habían virado del cansancio a la pasión.

—Cuando fui más mayor empecé a jugar al póquer —continuó—. Pero ése era su juego. Jamás podría ser mejor que mi padre. Él me lo enseñó todo, pero nunca lo dominé.

»Corazones, diamantes, tréboles y picas eran su pasión pero no la mía.

»Me enseñó una regla básica aplicable a cualquier juego: "Siempre apuesta lo que no necesites". Eso es lo más importante para no arruinar tu vida ni la de los que te rodean... "Jamás lo incumplas, jamás", me suplicó mi padre muchas veces.

»Con diez años me jugaba la mitad de mi semanada; con veinte años, la mitad de mi sueldo. Pero nunca perdí el control; siempre aposté lo que no necesitaba, el resto era para vivir.

»También me mostró que el goce de ganar nunca debía ser superior al de perder.

»Perder puede ser gozoso, pues te hace entender mejor el valor de ganar. Además, con el tiempo, las pérdidas siempre se acaban convirtiendo en ganancias.

Dejó de respirar unos segundos. Fue como si se apagara, pero antes de que pudiera avisar a nadie, continuó como si nada hubiera pasado. Fue tenebroso.

—Busqué durante diez años mi juego. Mi padre aseguraba que todos teníamos uno, aquel con el que nos sentíamos en consonancia y que conseguía que nuestra adrenalina se liberara de una manera totalmente placentera.

»El póquer jamás fue mi juego, ni el blackjack, ni las carreras de caballos ni las de galgos. Ni tan sólo notaba nada jugando a las quinielas o a la lotería.

»Hasta que apareció ella y con ella el juego de mi vida...

Rebuscó entre los sobres con números. Era complicado porque sus dedos estaban llenos de cables y de vendas, pero no cesó hasta encontrar lo que buscaba.

De uno de los sobres sacó una lista de números y también una foto de una chica. No sé cómo no la había visto antes.

En la foto, la chica estaba vestida con un traje extraño, con algo parecido a un uniforme. La instantánea estaba tomada desde el exterior de un castillo.

Ella estaba fumando, con la mirada perdida. Tenía un aire de maniquí o eso me pareció a mí.

—La tomé en un descanso. —Sonrió y, por primera vez,

vi su dentadura—. Cada hora los empleados podían abandonar el casino unos minutos y salir a fumar. Yo siempre dejaba de jugar a la misma hora que ella y la observaba desde lejos.

»Era un placer inconmensurable mirarla desde la lejanía. Supongo que sobre todo porque siempre la tenía cerca, muy cerca... A menos de diez centímetros de mí cada noche.

»Ella era la jefa principal de la mesa de ruleta de un casino instalado en un precioso castillo.

»A mí la ruleta nunca me había dicho nada, hasta que la vi a ella lanzar la bola. Lanzaba con una elegancia suprema y giraba la ruleta con tal brío que el sonido que producía era casi adictivo.

»Te juro que cuando ella daba suerte, la gente apostaba el triple.

»Yo tan sólo me quedaba cerca de ella. La observaba, la olía, la sentía y de vez en cuando le daba un par de fichas para apostar al 17 y al 19.

»Ésos fueron mis primeros números fetiche; luego cambiaron. Y mucho más tarde se modificaron completamente...

La enfermera regresó con más medicación y él interrumpió la narración durante unos cuantos minutos. Creo que no deseaba compartir aquello con cualquiera. Me hizo sentir muy importante.

Cuando se marchó, no pude más que preguntarle lo que me rondaba por la cabeza desde que había empezado a contar aquella historia:

—¿Y se casó con ella?

Rió y tosió a partes iguales. Esa vez no me importó.

—Nunca llegué a hablarle. Nunca... La miré cientos de veces desde cerca y la observé miles desde lejos. Cuando la cambiaban de casino, la seguía hasta donde la enviaban y continuaba con la misma rutina. Cercanía y lejanía, observada y deseada.

»Y con los años, el deseo que sentía por ella lo trasladé al juego.

»Todo aquel amor lo derivé en la ruleta. Cada vez que su mano rozaba esa bola, yo jugaba con su magia. Era una forma de hacer el amor con ella, de sentir que hacíamos algo conjuntamente...

»Así encontré mi juego, mi pasión y mi goce... Y a partir de ahí, todo se descontroló y me convertí en un profesional de la ruleta.

El Sr. Martín agarró un par de sobres más, sacó unas hojas llenas de números garabateados y me los enseñó.

—Cada hoja repleta de números habla de una ruleta de un casino determinado. Las cifras de color rojo son números ganadores. Si juegas a ellos, siempre ganarás, sea la hora, el día o la estación que sea...

Me extrañó esa afirmación tan contundente. No había jugado nunca a la ruleta, pero no me parecía algo tan sencillo.

—Eso es imposible. No puede saber qué números saldrán y, aunque así fuera, cuando sustituyeran las ruletas, los números ganadores se modificarían también, ¿no? —pregunté.

—No... —Sonrió—. He estado tantas veces en tantos casinos que te puedo asegurar que lo importante no es la ruleta, sino el terreno donde está instalada. La gravedad y el azar hace que siempre haya números elegidos por la fortuna —dijo con una seguridad aplastante.

Cogió todos los sobres y me los dio.

—Son para ti. Valen mucho dinero. Quiero que te los quedes, joven Dani, y juega sólo cuando lo necesites.

Acepté aquel montón de papeles arrugados sin saber qué decir. Nadie en mi vida me había incitado a introducirme en el mundo del juego.

—¿Y ella? —pregunté—. ¿Murió?

Tardó en responder. Tardó mucho.

—La perdí de vista hace años... Me he pasado la vida buscándola.

—¿Para decirle lo que sentía...? —indagué.

—No. —Sonrió tanto que esta vez llegué a verle parte del paladar—. Para verla de lejos y de cerca. Hay personas en este mundo, joven Dani, que te alimentan con sólo verlas. No necesitas más. Te dan energía...

«Energía.» El mismo concepto que años después escucharía en boca de George...

Pero en aquella época no entendí nada sobre aquella ruleta, sobre aquella misteriosa chica ni sobre aquella energía.

Yo pensaba que me enseñaría las claves de la felicidad y, en cambio, me hablaba de adicciones y de cobardía ante el amor.

No le dije lo que pensaba, pero él nuevamente leyó mi mente.

—La felicidad no existe, Dani. —Fue de las pocas veces que no añadió lo de «joven»—. Sólo existe ser feliz cada día.

»Si piensas en el concepto global de felicidad todo cae por su propio peso.

»Mira por la ventana...

Me señaló un pequeño cristal, casi minúsculo, que daba a la calle. Me acerqué. Me horrorizó saber que los muy graves no tenían ventanales enormes... Necesitan tanto ese exterior para poder despedirse del mundo.

—¿Ves toda esa gente caminando sin sentido pero en direcciones concretas? —me preguntó.

Miré a esa gente, lo que no sé es cómo él la veía. Desde donde me encontraba no podía llegar a divisar la calle.

—La veo —respondí.

—¿Te das cuenta como todos van hacia algún lugar, con algún propósito? Ni tú ni yo nos cambiaríamos ahora mismo por ellos. Y eso es porque nos gusta nuestra vida, nuestro rostro, nuestro camino... No podemos entender adónde van, qué necesitan hacer...

»Pero todo cambia por la noche... En plena madrugada fíjate en los edificios altos y verás que hay pocas luces encendidas, muy pocas. Casi todo el mundo duerme, tan sólo hay algunos que están despiertos... Y ésos son los que buscan y los que encuentran.

»A esas altas horas de la noche, en las que todo el mundo duerme, ellos están amando o gozando de conversaciones intensas... Y ese sentimiento y esas palabras cambian su vida.

»Joven Dani, siempre debes poner en tu vida más noches que días...

»Y cuando alguna vez estés perdido y no tengas rumbo fijo, juega al "qué haría otro si estuviera en mí"...

Se hizo el silencio durante unos segundos. Volvió a quedarse en pausa. Esta vez tardó mucho más en volver. Noté que le restaba muy poco fuelle.

Pronuncié tres veces su nombre en voz alta, pero no volvió. Apreté su mano con fuerza, tampoco...

Finalmente, probé a seguir la conversación como si nada hubiera pasado.

—¿Qué haría alguien si estuviera en mí? —repetí.

Y entonces volvió; fue como si la narración le alimentara. Contarme aquello le daba fuerzas.

—Sí, exacto. Encuentra a otra persona con la que compartas energía y pregúntale qué haría en tu vida si estuviera en ella por dos días. ¿Qué cosas cambiaría de ella? ¿Cómo se cortaría el pelo? ¿Qué comería? ¿Qué actividades realizaría?... En definitiva, ¿cómo viviría tu vida si fuera temporal su presencia en ella?

—¿Y funciona...?

—Claro que sí... —Sonrió—. Yo he jugado a ello infinidad de veces y siempre me ha dado impulso para seguir.

»Pero para practicarlo has de encontrar a otra persona con la que jugar, y eso no es fácil.

»Esa persona debe ser especial y tiene que saber mirarte desde fuera, para poder darte otra perspectiva de tu vida cuando estés perdido...

Le miré varias veces sin saber cómo digerir tanta fuerza. Él volvió nuevamente a apagarse. Su respiración se ralentizó después de esa última frase, sus constantes se dispararon y todos los aparatos que le envolvían comenzaron a sonar.

Sabía lo que debía preguntarle para que volviera inmediatamente.

—¿Jugamos juntos?

Las inspiraciones volvieron, los aparatos callaron, aunque yo ya sabía que aquello no duraría. Lo estaba perdiendo.

Me miró con un cariño supremo. Me acarició la cara, los labios, el cuello y finalmente las manos.

—Me encantaría, joven Dani... Pero mi tiempo se acaba...

Hizo una pausa, pensé que era la definitiva. Pero aún quedaba una última cosa que contarme. Miró el faro monóculo. Lo cogió y me lo puso en la mano.

—Es para ti... Para que no me olvides. Es un faro de Capri que me entusiasma, es mi hijo favorito. Cuando encuentres la foto que le hice, verás que detrás escribí la palabra «mágico». Es mágico y consigue que sientas su magia... Si algún día tienes problemas, ve allí, mi niño favorito te cuidará...

»El monóculo oscuro que hay pegado es para observar las nubes... Durante un tiempo trabajé en el mundo del cine y era el encargado de calcular cuánto tardarían las nubes en marcharse y retornaría el sol... Lo necesitan saber para poder rodar con el mismo tipo de luz para que no queden claroscuros en la fotografía de la película...

»Yo era bueno en eso... He sido siempre bueno en todo

aquello que tenga que ver con faros, nubes, sol, mar y viento.

»Si te pones el monóculo en el ojo y miras las nubes, observarás el sol por detrás de ellas y sentirás la velocidad del viento y así podrás calcular el tiempo que tardará en volver a brillar.

»Los uní, porque este faro es pura magia y adivinar cuándo regresará el sol también es algo muy mágico...

»Recuerda, si un día necesitas magia ve a Capri...

Comenzó a respirar con mucha dificultad. Todos los aparatos volvieron a zumbar como locos.

Llamé a la enfermera a todo pulmón. Él se estaba yendo y yo estaba asustado y triste.

De repente, el Sr. Martín me llamó con la mirada; quería que me acercara. Puse mi oído en su boca y él repitió tres o cuatro veces unas palabras que no entendí.

Las decía siempre con la misma cadencia, con la misma fuerza. Era un mensaje para mí, pero no lograba comprenderlo, ya no hablaba de una forma inteligible...

Finalmente el mensaje cesó y el Sr. Martín me dejó.

Le miré y de repente noté cómo llegaba a mi cuerpo una energía que me producía tranquilidad y felicidad.

Era como si su energía atravesase mi ser.

Médicos y enfermeras trataban sin éxito de devolverlo a la vida... Pero yo ya sabía que se había ido.

Apreté su mano con toda la fuerza que pude, le di las gracias y le besé la mejilla...

16

LA INCOMPRENSIÓN DE LAS LÁGRIMAS AJENAS

Lloré nuevamente en aquel coche junto a un padre desconocido.

Es imposible recordar al Sr. Martín y no romper a llorar. Recuerdo que el hijo de una bailarina me dijo una vez que la gente tan sólo rompe a reír o a llorar, y que vale la pena hacerse añicos por esos dos sentimientos.

El padre del niño me miraba sorprendido, mi tristeza le sobrepasaba, pero no dijo nada. Es tan difícil comprender las lágrimas ajenas si no tienes todos los datos...

Creo que fue en aquel instante cuando me di cuenta de que me dedicaba a buscar niños perdidos por culpa del Sr. Martín.

De alguna manera, la primera vez que me perdí no fue en aquel barco rumbo a Capri, sino en aquella UVI repleta de ternura y pasión sin límites.

Y es que el Sr. Martín era un hombre pasional, un hombre que amaba imposibles.

Tuve suerte al encontrarlo, ya que no se apropió de mi cuerpo y mi mente de diez años un malvado depravado ni un hijo de puta pederasta. Me topé con una gran persona que intentó enseñarme la importancia de ser diferente en este mundo.

Poca es la gente que no claudica a vivir de forma mediocre.

Yo busco niños que desaparecen, creo que ésa es mi manera de huir de la convención, de la mediocridad...

Además, pienso que se me da bien porque mi parte de niño y de enano hace que les comprenda, que empatice con ellos y con sus problemas. Es como si conectara con mi yo perdido y eso me sitúa cerca de su esencia...

Miré al padre y noté que necesitaba contármelo todo. Darme datos, sentirse útil... Pero también sabía que aquello me condicionaría. Me llevaría a comprender al padre en lugar de al niño.

Decidí evitar su mirada, pero sabía que no tardaría en hablarme porque segundos antes había conectado conmigo visualmente.

—¿Tiene usted hijos?

Fue lo segundo que le escuché decir tras lo del cheque y lo peor que podía preguntarme.

Y es que aquella simple cuestión estaba intrincada con mi ruptura, con ella y con nuestro gran problema...

Yo, ella y los niños deseados.

Sé que debo hablaros de ella. Os estoy ocultando desde hace tiempo mi ruptura y sus razones.

Pero antes debo acabar de relataros mi vida junto a George, porque, si no, no me podréis comprender.

Ojalá siempre intentáramos entender a las personas antes

de juzgarlas. Y ojalá la gente fuera capaz de ser honesta y contarnos su vida para que pudiéramos valorarla con comprensión.

—No tengo hijos.

Debía contestarle.

—Yo sólo le tengo a él —me explicó.

No añadió nada más porque se emocionó y volvió a llorar. Sabía que debía calmarle antes de volver a mi pasado. Era lo justo; no puedes retornar a tus recuerdos cuando en tu presente alguien sufre.

Además, con el trabajo iba incorporada la comprensión.

—No tiene por qué haberle pasado nada malo —apunté—. Que alguien lo tenga secuestrado no implica que vayan a hacerle daño... Mucha gente...

Me interrumpió ferozmente.

—¿No ha leído el dossier que le envié? —me gritó.

Negué con la cabeza.

—Soy juez de casos de pederastia. He metido a más de cien pederastas en prisión —gritaba más de lo que yo había chillado a aquel guardia de seguridad en el aeropuerto—. No me diga que no será nada porque, si lee la carta del secuestrador, sabrá que el que se ha llevado a mi hijo es un pederasta al que condené a ocho años de cárcel...

No le repliqué...

Había sido poco profesional.

Mi vida personal me había afectado. Ese dato lo cambiaba todo, aunque también sabía que no era definitivo.

Quizá aquella nota fuera falsa. A veces, un crío huye por

falta de cariño. Ver que su padre se preocupa más por otros niños que por su propio hijo puede ser una razón de peso para marcharse y llamar la atención con una carta falsa.

Decidí dejar de mirarlo. Sabía que había perdido parte de su confianza.

Estábamos ya muy cerca del barco que nos llevaría a Capri. Nuevamente ese ferry retornaba a mi vida; no había cambiado nada con los años.

Entramos con el coche hasta la bodega y aproveché para volver a mis *Horizontes de grandeza*... A aquella primera obra maestra que vi junto a George en el Capri de mi adolescencia.

Os prometo que después os hablaré de ella y de la razón de nuestra ruptura.

17

LA INTENSIDAD DE UNA ANÉCDOTA EN MOVIMIENTO EN OTRO CUERPO

Vimos *Horizontes de grandeza* y George tenía razón, me sentía igual que Gregory Peck. Yo también era alguien que intentaba luchar contra las normas, contra lo correcto y contra todo lo que la gente esperaba de mí.

Sentía todo eso y tan sólo tenía trece años. No deseaba ni imaginarme qué pasaría a posteriori.

Admiré la inmensidad del Oeste y la pequeñez de los humanos... Me recordaba mucho a nuestra presencia en Capri.

Y es que parecía que George y yo fuéramos los únicos habitantes de aquella ciudad. Dos figuritas enanas en una isla inmensa.

Respiré y noté la pequeñez propia de la grandiosidad natural.

Justo en ese instante fue cuando me di cuenta de que podía jugar a «qué haría otro si estuviera en mí...» con él. George era la persona perfecta para disfrutar con el juego del Sr. Martín.

Lo miré fijamente. Quería preguntárselo, pero me daba vergüenza.

—¿Te ha gustado la película? —me preguntó.

—Mucho.

Le volví a mirar y esa vez sí me atreví.

—¿Quiere jugar conmigo a qué haría otro si estuviera en mí...?

Él sonrió.

—Cuéntame.

Y se lo conté todo. Le hablé del Sr. Martín, de entrar en otra persona cuando estás muy perdido. De aconsejarle qué harías si estuvieras dentro del otro durante dos días y luego te marcharas.

Él me escuchaba y parecía encantarle lo que oía. Y yo estaba feliz de sentir que por segunda vez en mi vida una persona mayor me trataba como a un adulto.

Cuando acabé de explicárselo todo me dijo que le gustaba mucho la idea, pero que antes debíamos conocernos un poco más. Él pensaba que para cambiar la vida de otra persona debes entrar un poco más en ella.

Dudé, pero pensé que tenía razón.

Me ofreció ir a revelar las fotos juntos.

—Compartir la pasión del otro es la mejor manera de conocerle —me dijo.

Me gustó la propuesta, así que acepté.

Su laboratorio estaba dos plantas por debajo del salón donde habíamos visionado *Horizontes de grandeza.*

Para llegar allí tuvimos que bajar casi cincuenta escalones. Aquel desván subterráneo olía a mar y sus paredes eran de roca maciza.

Tuve la sensación de estar en el centro de la isla.

Y lo mejor de todo es que no sentía nada de miedo... Estaba solo junto a un desconocido en una cueva que parecía una mazmorra y me sentía muy cómodo.

Lo único que notaba era cansancio. No recuerdo cuántas horas hacía que no dormía. Sentía mi cuerpo dolorido, pero había algo en ese agotamiento que me resultaba placentero.

Enseguida se puso a revelar las fotos. Fue explicándome todo el proceso. Yo jamás había revelado nada y me encantó la técnica precisa, los tiempos que se han de respetar y esa seductora iluminación que producía aquella bombilla roja.

—Revelar es como pescar —dijo George—. Pescar sabiendo que atraparás algo que tú mismo criaste.

De repente me di cuenta de que, colgado en medio de aquel desván subterráneo, estaba el enorme saco rojo de boxeo que había transportado por media isla.

Las fotos tardaban en aparecer. Seguían sumergidas en aquellos extraños líquidos, y nosotros estábamos deseosos de su aparición.

Aunque mi mirada pasaba de ese saco que me tenía fascinado a las fotos... Y de las fotos al saco fascinador...

Hasta que vi colgado en la pared del fondo del desván algo extraño... No podía descifrar claramente lo que era, porque estaba oscuro debido al rojo proceso fotográfico... Pero intuía que había algo allí...

Me acerqué lentamente. Noté su mirada en mi nuca...

A los pocos segundos también escuché sus pasos detrás de mí...

Cuando llegué a la pared ya sentía cercana su respiración...

Fue el único instante en que le tuve miedo, y eso que antes os he jurado que no sentía pánico en aquel lugar.

Pero presentirlo tan cerca de mí, y sin saber qué había colgado en aquella pared, me provocaba como mínimo cierta incertidumbre.

Ése es el pavor en el que siempre pienso cuando busco niños en peligro. Es lo que me da alas para no tirar la toalla y lograr hallarlos.

Y lo peor de todo es que me he encontrado muchas de esas buhardillas donde han estado retenidos niños y noto cómo sus paredes conservan el miedo de los chavales que han cobijado.

Los niños marcan ese terreno de tal manera que ese pánico infinito queda impreso.

Lamento asociar ese recuerdo con George. Él nunca me hizo nada malo y no me provocó más que felicidad. Jamás me hubiera lastimado.

—¿Quieres saber qué hay colgado en esa pared? —me dijo en un tono que consiguió tranquilizarme.

Asentí en silencio.

De repente, cogió la luz roja que había en el centro de la habitación y la enfocó hacia allí.

La pared quedó iluminada y me encontré frente a frente con un mural lleno de fotos polaroid.

Las instantáneas estaban agrupadas de doce en doce... Estaban separadas por años... Creo que conté que debía de haber casi cuarenta años seguidos en aquella pared...

Las fotos eran primeros planos de hombres y mujeres en diferentes lugares y realizando actividades cotidianas... Tomaban café, fumaban, reían...

Si no hubiese visto años atrás los faros del Sr. Martín, creo que aquello me hubiera extrañado más.

Pero cuando a los diez años has visto la colección más fascinante de imágenes rubricadas con adjetivo, nada puede sorprenderte ya.

—¿Quiénes son? —pregunté.

—Mis perlas. —Sonrió—. Cada año de mi vida he buscado doce perlas. Doce personas que no conociera pero que se me aparecieran y marcaran mi mundo de tal manera que mi yo virara.

—¿Mi yo virara? —repetí.

—El Sr. Martín fue una perla de tu vida. —Me lo ejemplificó y yo se lo agradecí—. Fue una joya que el mundo te dio y, aunque han pasado los años, aún la conservas... Eso confirma qué gran perla fue, pues el tiempo no le ha quitado nada de su brillo ni de su intensidad.

Miré detenidamente aquel mural.

No podría deciros qué predominaba. Las perlas eran de todos los colores, sexos y edades. Me gustaba contemplarlas...

No sé si estuve diez o doce minutos en silencio absoluto admirando aquel collar... Aquel collar de perlas...

Había algo en esos rostros, en esas miradas, que desprendía energía. Sonreí.

—Hay energía en ellos, ¿verdad?

Él también sonrió.

—Mucha. Tres de ellos son más que perlas... Son esas energías especiales de las que te hablé en el barco, esas que has de encontrar... Almas que se funden con la tuya propia.

—¿De verdad? —Estaba entusiasmado con esa definición.

De repente recordé lo que pasó tras la muerte del Sr. Martín; quizá aquello fue su alma fundiéndose con la mía... No podía estar seguro. Él continuó hablando:

—Con el tiempo, algunas perlas pasan a ser diamantes. Cada ochenta o noventa perlas aparece un diamante... Un diamante, para que me entiendas, es una de esas personas que se hace tan básica y tan importante en tu vida que parece creada únicamente para ti...

Le entendía, pero creo que mi cara indicaba lo contrario. Él continuaba dándome ejemplos.

—Esos diamantes son como tus desparramados.

—¿Desparramados...? —Mi interés iba *in crescendo*.

—Sí, tengo la teoría de que nos desparraman.

—¿A quiénes?

—A cada uno de nosotros y a cuatro personas más... Te desparraman en el mundo para que con el tiempo vayas encontrando a los otros cuatro. Ése es uno de los sentidos de la vida; encontrar desparramados, y por eso hay señales, para que no te confundas.

—¿Y cómo son esas señales? —pregunté.

—Algo que los une, puede ser algo sumamente sencillo...

Fue en ese instante cuando pensé en aquellas polaroid, las de George y las del Sr. Martín. Quizá ellos eran mis desparramados, mis diamantes, parte de mi alma...

No se lo dije porque quizá era demasiado prepotente pensar que con trece años ya tenía dos de los cuatro diamantes... Pero sí que le consulté otra cosa.

—¿Qué ocurre cuando conoces a los cuatro diamantes?

Se tomó su tiempo. Demasiado para mi gusto, pues deseaba tanto conocer la respuesta que no podía esperar.

—No lo sé... Pero estoy seguro de que pasa algo.

Noté que me mentía, pero no me atreví a preguntar de nuevo.

Regresamos a las cubetas donde las imágenes ya asomaban cual pescado atrapado.

En todas las fotos salía retratada una mujer, excepto en dos. La que yo le hice y la que él me realizó.

La mujer le miraba. Él aparecía de escorzo junto a ella.

George observó esas fotografías con un rostro tan repleto de nostalgia que nunca lo he olvidado; ninguna otra expresión de recuerdo extremo se ha asemejado jamás a ésa.

—¿Es una perla? —indagué.

—Un diamante en bruto. —Sonrió—. Se fue hace años. Aún no había tenido valor de ver estas fotos.

Se quedó en silencio. Se acercó al saco de boxeo que presidía el centro de la estancia y lo acarició.

—¿Sabes qué hay dentro de este saco? —preguntó sin dejar de acariciarlo.

Negué con la cabeza.

—Trozos de mis perlas. Cuando alguna desaparece de mi mundo, cojo parte de su ropa o un objeto importante que la defina y lo introduzco en el saco.

»Hay muchas pertenencias de ella aquí.

»A veces golpeo el saco con rabia, otras lo acaricio y alguna vez bailo con ella y con la otra gente que me ha dejado.

Y se puso a bailar. Recordé al Sr. Martín y su maniquí. Fue precioso ver la intensidad de una anécdota en movimiento en otro cuerpo.

Él bailaba con ese saco repleto de rastros y restos de sus perlas, de la gente que había amado y querido... Y yo sentí envidia; aún no había deseado a nadie.

La música que sonaba era producto del roce del anclaje del saco con el techo y del leve zumbido que emitía la bombilla roja del laboratorio.

Sentía tanta envidia sana por aquel hombre con una vida tan intensa, que no pude más que acercarme a su saco y danzar junto a él.

Ahí estábamos, bailando separados por ese hermoso y extraño saco rojo lleno de vida.

Os juro que sentí algo tan agradable que no he vuelto a notar jamás bailando. Y eso que he intentado danzar con toda persona con la que he tenido alguna afinidad.

Pero el extraño roce de aquel saco rojo y la sensación de

que su contenido era pura energía que te traspasaba y llegaba a todos los nervios de tu organismo es insuperable.

Además, las yemas de George y las mías se rozaban levemente. 63 años y 13 unidos a través de un saco. Medio siglo de experiencias nos separaban.

Si en aquel momento hubiera entrado la policía buscándome, le hubieran detenido inmediatamente. A veces, las imágenes no sirven para explicar un sentimiento y una realidad.

Para nosotros, aquello era como un precioso abrecartas de nácar con incrustaciones de diamante. A ojos de un desconocido podría llegar a ser únicamente un vulgar puñal decorado con restos de bisutería.

Bailamos largo tiempo. Cuando acabamos de danzar, le miré y le abracé.

—Has de volver a casa. Lo sabes, ¿verdad? —me susurró.

Asentí con la mirada perdida, pero me resistía a cumplir con lo que me pedía; nos faltaba tanto por vivir...

—¿Y las otras dos películas que íbamos a ver, y el deporte que me iba a enseñar y el jugar a quién seríamos si fuéramos el otro y esos tres días que cambiarían mi vida? —solicité cual adolescente que lo desea todo.

Sonrió.

—Si quieres vemos otra película antes de marcharte y te entreno durante un par de horas. —Continuó buscando soluciones—. En cuanto al juego, estoy seguro de que encontrarás a alguien que te conozca más y mejor que yo... Y esos tres días jamás podrían superar la intensidad de estos diez minutos de baile. La intensidad no la marca el tiempo, sino la emoción que reside dentro de uno...

Seguidamente cogió la foto de aquella mujer misteriosa y hechizante que acabábamos de revelar y la colocó en su mosaico de perlas... En un año bastante anterior al actual.

Luego cogió la mía y la situó en la actualidad. Era su primera perla de ese año... Me sentí feliz.

Yo cogí la suya y me la guardé. Había encontrado otro diamante, estaba seguro...

Y cumplió su palabra. Aunque no tenía duda de que lo haría.

Me entrenó durante dos horas seguidas. Me enseñó primero a mover el cuello. «Todo pasa por el cuello... —me dijo—. Si lo mueves bien, todo tu mundo irá a mejor, pues se conectarán cuerpo y mente...»

Me habló sobre lo vaga que es nuestra carcasa, que no desea cambios y se opone a que la obliguemos a realizar nada que la fuerce a virar.

—Has de batallar con tu propio organismo, hacerle entender que todo esto es bueno para él. El cuerpo es nuestro mayor enemigo y a la vez nuestro mejor aliado —me explicó.

»Se queja con el esfuerzo, pero el dolor tan sólo se mantiene unos 4 o 5 segundos.

»Recuérdalo, el dolor es momentáneo. Es tu enemigo y tu aliado.

De repente, tras aquella impresionante clase sobre cuerpo y mente, solté una frase que jamás hubiera pensado que diría en mi vida.

Es increíble cuando esto pasa, cuando piensas que nunca dirás algo, te lo prometes, te lo juras, pero en un instante te encuentras diciéndolo.

Es una sensación extraña y eufórica. Muy extraña y muy eufórica...

—Soy enano.

No dijo nada. Me miró de arriba abajo tres veces.

—¿Quieres dejar de serlo? —me preguntó.

Me sorprendió su reacción y también me fascinó... Decidí contestarle...

—Sí, se lo prometí a mi madre cuando ella aún vivía. Mis padres también lo eran. Estaban orgullosos de sí mismos, pero mi madre desde que me llevaba en su vientre pensó que yo era un gigantón. Un día le dije: «Creceré por ti». Y ella estalló de felicidad y todos los pelos de su cuerpo se pusieron de punta... ¡Y estoy seguro de que se le pusieron de verdad...!

Las lágrimas brotaron de mi rostro sin ni tan siquiera sentir cómo se habían iniciado.

Él no se emocionó con mi llanto.

Seguía mirándome muy serio; parecía que no empatizara con mi tristeza, pero creo que lo que deseaba no era simplemente darme consuelo sino darme un consejo eterno.

—No hay nada imposible en este mundo, joven Dani. Nada. Si deseas crecer, tu cuerpo crecerá, porque es tu aliado, pero para ello has de dejar vivir al otro dentro de ti... Siempre serás un enano en tu interior. Un enano con cuerpo de gigante...

Dijo «joven Dani»... Me di cuenta de que aquellas frases que había pronunciado parecían coincidir con aquella narración que jamás comprendí del Sr. Martín... Aquellos sonidos que repetía una y otra vez cuando estaba al borde de la muerte tenían el mismo tono e intensidad que aquellas frases que acababa de eschuchar.

Fue como doblar una película extranjera. En sus instantes finales, el Sr. Martín hablaba un idioma ininteligible que ahora parecía que George dominaba y traducía...

«Un enano en un cuerpo de gigante...» No me sonó extraño; creo que era la última frase que el Sr. Martín deseaba que escuchara... Me hizo sentir completo.

—¿Y usted quién es? —le pregunté.

Sonrió.

—Un luchador en el cuerpo de un cobarde...

No pregunté el porqué de esa definición. Subimos a la planta principal. Aquello era el final de la escapada. Ahí acababa mi huida, no había duda...

Me dio dinero para el ferry de vuelta. Yo le regalé la hoja del Sr. Martín sobre la ruleta del casino de Capri. Debía jugar al 12 y al 21. No sé si lo haría ni si funcionaría, pero estoy seguro de que aquello bien valía un billete de vuelta en barco.

Mientras nos despedíamos sonó una orquesta en la calle... Eran fiestas en Capri.

Procendente del exterior, se escuchaba una de esas melodías de fiesta mayor; dentro, nos despedíamos en el más absoluto de los silencios.

Era maravilloso y extraño el contraste sonoro. Nostalgia contenida dentro y felicidad contagiosa fuera.

Me marché y seguí a aquella banda hasta la costa. Fui detrás de ellos, lentamente, sin prisa... Me acompañaban y los necesitaba para no perderme...

No volví a verle jamás, aunque tiempo después recibí una carta de un abogado informándome de que había fallecido. Noté nuevamente una punzada dentro de mí, como si su alma se enganchase a la mía. O quizá era lo que deseaba sentir.

Dentro de la carta había adjunta una nota que George había escrito para mí... Tan sólo ponía: «Mi hijo está dentro del otro hijo... Es tuyo si lo quieres».

Lloré tanto cuando recibí aquellas líneas y es que, como él me prometió, yo crecí... Crecí mucho y me convertí en aquel gigantón que mi madre esperaba que fuera... Pero por dentro, como él vaticinó, seguía siendo aquel enano...

Recuerdo que cuando me alejé de Capri en aquel ferry pensé que no volvería jamás...

«Donde has sido feliz no has de volver...», dice la canción... Qué ironía...

18

EL ENANO VUELVE HECHO UN ADULTO

Volvía a estar en Capri... El ferry entró en el puerto. En esta ocasión no había saco al que pegar ni banda a la que seguir.

Habían pasado veintisiete años y esta vez era yo el que buscaba al niño perdido en lugar de serlo.

No deseaba emocionarme, pero no pude dejar de hacerlo. Pisar esa isla de nuevo era un sueño que jamás pensé que volvería a vivir.

El enano volvía hecho un adulto... El enano volvía hecho un adulto...

El padre seguía cabizbajo por estar de nuevo en el lugar de la desaparición y yo sentía la fuerza del regreso al sitio donde me reencontré.

Fuimos directamente hacia su casa. Estaba muy alejada de la de George; diría que estaba en el lado diametralmente opuesto.

En la puerta de la mansión nos esperaba una mujer casi centenaria. Aún no sabía que aquella anciana horas más tarde me haría las preguntas más intensas de mi vida y me hablaría del bolero «Si tu me dices ven...».

En aquel instante tan sólo era una abuela preocupada por un nieto desaparecido.

La saludé casi sin prestarle atención, pero ella agarró mi mano con la misma intensidad que había notado a los diez y a los trece años... Era ese tipo de energía que traspasaba mis nudillos y tocaba mi alma.

—Si le encuentras... —me dijo— te ayudaré a encontrarte.

No supe qué responderle. El padre del niño me apartó de ella.

—No le haga caso —me advirtió—. Está muy preocupada por el nieto.

Pero yo ya la había creído. Y sabía que era cierto lo que me decía... La miré mientras nos alejábamos hacia el interior de la casa.

Creo que fue entonces cuando me di cuenta del poder de Capri; había algo en esa isla que atraía a mis diamantes, a mi esencia y me recuperaba cuando me perdía...

Soñé con ir a buscar al hijo de George que estaba dentro de otro hijo, pero sabía que no era el momento. Ahora todo era secundario... Mi vida, mis problemas, mi pareja...

Aquel chaval era lo único importante y os juro que no necesitaba motivación extra. Siempre he sido bueno en mi trabajo. Sólo he sido bueno en eso.

—¿Necesita de verdad ver su cuarto? —me preguntó el padre.

—Debo... Es muy importante. Es básico.

Debo, debo... Ese «*must*» volvió a mí y también el recuerdo de ella. ¿Dónde estaría...?

Ahora parecía que ya no tenía que preocuparme por ella, pero aún deseaba hacerlo...

Siempre he creído que las personas más importantes de nuestra vida todavía no las hemos conocido. Y como no existen, no nos preocupamos por si el coche las ha dejado tiradas, si se les ha muerto un ser querido, si están tristes o si les han abandonado.

No existen aún en nuestro mundo y, por ello, su tristeza y su felicidad no nos pertenecen y no nos afectan... Hasta el día que los conocemos y nos ponen al día de su mundo...

Ahora me daba cuenta de que pasaba lo mismo con la gente que perdemos y sabemos que no recuperaremos. Es como si debiéramos olvidar qué les pasa y les preocupa. Y eso yo no deseaba hacerlo; la gente lo hace por sobrevivir... Quizá yo no deseaba sobrevivir.

Llegamos a la habitación del niño. Ver la puerta de su cuarto fue un impacto. Se llamaba Izan como clamaba el letrero que había colgado... Realmente aquel nombre me perforó...

Al entrar se me heló la sangre. Su habitación estaba llena de estrellas en el techo y dibujos de planetas en las paredes...

Introducirme allí fue como entrar en el cosmos.

—A Izan le encanta el universo —dijo el padre.

Le encanta el universo. ¿Y a quién no? El padre apagó la luz y apareció un espectáculo fluorescente impresionante.

Yo estaba en medio de la sala y me sentía en el centro del cosmos. Mis pelos se erizaron, pero esta vez de verdad, no fue ningún truco. Todo aquello era demasiado para mí...

Que se llamara Izan, que le gustara el universo... Sólo faltaba la música...

Un viejo tocadiscos presidía la sala. Lo puse en marcha y sonó, como debía ser, «The show must go on», esa maravilla que creó Queen para afrontar la enfermedad de su líder... Para poder seguir tirando hacia delante...

Sé que quizá sólo eran casualidades, pero para mí todo aquello era increíble, pues aquellas tres coincidencias pertenecían a mi mundo y al mundo de ella...

Y, sobre todo, al mundo de nuestro hijo.

Sí, creo que en aquella habitación, con las luces apagadas y con todo aquel cosmos girando a mi alrededor, me siento por fin capaz de hablaros de nuestro hijo, el motivo de nuestra ruptura...

Aunque no deseo admitirlo...

19

NO ERA UNA BÚSQUEDA, ERA UNA CACERÍA

Ya, ya sé que al principio os conté que podía haber casi quince razones para mi ruptura. Y no os engañaba, las hay, existen...

Pero siempre ha prevalecido una, siempre la misma. En nuestros trece años de relación siempre ha estado el niño presente. La conocí con veintisiete años...

Sé que debo contároslo todo, pero se me hace difícil.

No sé bien por dónde empezar...

Sé que estoy en una habitación de un niño desaparecido en Capri, pero mi cabeza cree que está en la habitación del hijo que nunca vino.

Queríamos llamarle Izan. Fue lo primero que decidimos ella y yo. Nos pusimos de acuerdo casi sin pensarlo. Fue una madrugada en Menorca, llevábamos tres años juntos y hablamos de la posibilidad de tener niños.

Pensamos un nombre a orillas de la playa junto a un faro y enseguida nos salió Izan. Fue increíble porque lo dijimos al unísono.

Y a partir de esa coincidencia comenzamos a pensar cómo sería ese niño.

Aquel día recuerdo que corría un extraño viento en la isla y sentimos cómo nuestros pensamientos, nuestras ideas y nuestros sueños eran rápidamente absorbidos y se iban mar adentro.

No recuerdo bien cuál de los dos decidió que estaría bien pedir cómo nos gustaría que fuera, para que ese soplido inmenso lo convirtiera en realidad.

Cosas de parejas, de parejas enamoradas. Me encantan esos ritos «parejiles», que son únicos. Nadie te los puede robar ni arrebatar..

Sé que estoy diferente, que me expreso con dificultad...

Pero hablar de ella, de nuestra ruptura y de Izan, el niño que nunca tuve pero que soñamos cómo sería, qué le apasionaría y en quién llegaría a convertirse, es algo que me duele mucho...

Y es que en aquella costa menorquina, proyectamos al bebé perfecto. Ese Izan que pensamos que llegaría durante los dos años siguientes, pero... que jamás apareció.

Ella dijo aquella noche en Menorca que desearía que le encantasen las estrellas y los planetas. Que su habitación fuese el cosmos.

Era tan sólo un deseo contra un viento menorquín.

¿Era posible que el viento hubiese llegado a Capri y aquello se hubiera convertido en realidad?

Aquel niño perdido tenía la misma edad que cuando concebimos a nuestro Izan con la imaginación.

No me acuerdo exactamente cuántas cosas dijimos sobre ese niño imaginario. Dijimos tantas y tantas...

La última que recuerdo es que yo deseaba que algún día

tuviera un tocadiscos y le volviese loco «The show must go on», y es que aquélla era una de mis canciones preferidas.

Siempre deseamos que a nuestro hijo le encante nuestro mundo en lo personal, en lo profesional y hasta en lo musical. Que desee seguir nuestra senda.

Pero Izan nunca llegó. Nunca... Y ése fue nuestro gran problema.

Primero lo probamos de la manera tradicional, pero ella no se quedaba embarazada. De todos modos, seguimos intentándolo durante un par de años, pero no lográbamos nada.

Y, poco a poco, fue pasando de ser algo extraño a algo traumático. Según fueron transcurriendo los meses, hacer sexo fue cada vez más un deber que debía fructificar en un bebé.

Comenzamos a hacernos pruebas, a cambiar horarios y finalmente decidimos saber quién tenía el problema.

El problema... El problema parecía tan sencillo de solucionar... Había hasta parejas que te comentaban que no habían ni buscado el niño...

Mientras, nosotros ya no sabíamos dónde podía estar el nuestro, porque aquello ya no era una búsqueda sino una cacería.

Las pruebas dictaminaron que los dos estábamos bien. Nos advirtieron que seguramente era un problema psicológico.

Pero ese diagnóstico, en lugar de ayudar, nos obsesionó. ¿Cómo era posible que físicamente nos encontráramos bien, pero que mentalmente no pudiéramos concebir un niño?

Quizá si no hubiera sido mental y alguien hubiera tenido la culpa, todo hubiese sido más fácil.

El culpable, el no fértil, se hubiera sentido mal, pero el otro habría hecho todo lo posible por salvarlo.

Nada desea tanto la otra parte de la pareja... Pero si sufren los dos, como era nuestro caso, ¿quién nos salvaba?

Fueron años complicados. El sexo se convirtió en una tarea que había que realizar de una manera específica y después de unas inyecciones que intervenían en la ovulación.

Probamos todos los métodos posibles. Rompimos todas las estadísticas. Cada vez nos quedaban menos oportunidades, menos tratamientos.

Pasamos de los más sencillos a los más complejos. De hacer sexo tradicional a entregar mi aportación y la suya para que, en un laboratorio, los espermatozoides y los óvulos se amaran.

Ellos sin nosotros.

Pero ni así.

De las quince posibilidades con tres métodos diferentes, tan sólo nos quedaba una oportunidad de éxito.

Llevábamos casi cinco años en los que el sexo se había convertido en algo inexistente... Un lustro en que ir a una sala y entregar mis espermatozoides se había convertido en algo habitual, al igual que retornar horas más tarde para recoger un informe sobre la velocidad, calidad y cantidad que había proporcionado.

Era complicado para mí, y sobre todo para ella. Aumento de peso, frustración, intervenciones para insertar óvulos fecundados... La lista de efectos secundarios es interminable y no puedo enumerarla sin hundirme.

En la última época seguíamos practicando la técnica que tocaba, pero ya no hablábamos de aquello entre nosotros. Era como un tema tabú.

Incluso los que consiguen un niño con estos métodos jamás explican el vía crucis que han pasado.

Por todo ello nos sentíamos rara avis, una pareja que luchaba contra molinos que sólo ellos veían.

Además, a eso hay que añadirle que a mí siempre me costó la idea de tener un niño, me imaginaba que saldría enano y era algo que me hacía sufrir porque, aunque le dé normalidad, el mundo no está hecho para la gente de talla baja.

Todo es alto, inalcanzable para nosotros.

Supongo que pensáis que rompimos por todo lo que os he contado. Pero debo deciros que sí y que no.

Pasó algo y eso es lo que me hizo volver a recordar al Sr. Martín y a George; los había enterrado en mi memoria... Los había olvidado, eran recuerdos de mis diez y trece años, y cuando crecí se fueron, desaparecieron... Al dejar de ser enano también los perdí a ellos. Se quedaron con el pequeño, dentro, olvidados...

Pero cuando aquello pasó... Las perlas, las polaroid, las ruletas, los bailes con maniquíes y los sacos volvieron... Era increíble que el tiempo me arrebatara todo aquello...

Y lo que pasó fue que a falta de un solo tratamiento nos dijeron que se había quedado embarazada. Fue el momento más feliz de nuestra vida. Nos volvimos locos. Hasta volvimos a tener sexo, nuestro sexo...

Pero a los seis meses lo perdimos... No supieron por qué; sin embargo, estas cosas pasan y aún nos quedaba una posibilidad. La médico creía que aquello, aunque hubiese sido una desgracia, demostraba que la fecundación era posible. Decidimos que lo probaríamos por última vez, pero fue entonces cuando nos dijo algo que no pude superar. Nos contó que el bebé que habíamos perdido era enano... No me lo esperaba... Fue un shock, no deseaba un hijo enano.

Fue en ese instante en que volví a mi enano y recordé a aquellos dos diamantes que conocí cuando lo fui... Sus lecciones y sus consejos evitaron que dejara de crecer. Pero mi hijo podría no tener tanta suerte y jamás cruzarse con esas perlas que le ayudarían a confiar en sí mismo...

Aquello me superaba... Y por ello decidí que no seguiría con el último tratamiento... Nos quedaba una oportunidad más de fecundación, pero no quise continuar, ya no quería aquel niño, aunque estaba seguro de que tampoco lo conseguiríamos... Tras catorce veces, el porcentaje de éxito era ínfimo.

Mi negativa fue la puntilla final. A partir de ahí, todo se nos desmoronó. Como pareja naufragamos.

Me volqué en el trabajo... En la búsqueda de otros niños...

¿Sabéis cuando notas que tu mundo te puede, que todo a tu alrededor va a otra velocidad, que no te sientes cómodo con nadie y sólo deseas no pensar?

Pues así estaba de perdido, algo sólo comprensible si has sentido ese estado en que todo vale y nada importa mucho.

Ella me dejó por buscar niños ajenos. Aquel día que visteis cómo se marchaba de casa y vaciaba todos los cajones, me dio el ultimátum... O buscaba a nuestro niño o se marchaba. Y le dije que no quería encontrarlo...

Cuando me dejó, volví a sentirme un enano, tuve que volver a mis kilómetros cero. Y ellos eran George y el Sr. Martín. Con ellos comencé a construirme como persona; sin ellos me había destruido.

En aquella habitación del otro Izan sentí por primera vez la pérdida de nuestro hijo. Ver nuestro deseo hecho realidad me tocó inmensamente.

—¿Quiere leer ahora la carta que ha enviado el secuestrador? —me dijo el padre.

Sabía que debía otra vez ese *must* implacable. Debía centrarme en ese Izan desaparecido que ha dejado una familia desconsolada y olvidar a ese otro Izan propio que me alejó de mí mismo y que simboliza todos mis miedos.

20

SER QUIEN ERES
O CONVERTIRTE
EN LO QUE CREEN QUE ERES

Y aquí estoy de nuevo, en el centro de una habitación vacía, sintiendo la doble pérdida.

Mi pasado de niño perdido me hizo observar la habitación con detenimiento. Me senté en la cama. El padre me dio la carta. Era una de esas típicas escritas en Arial 12, sin pistas, con estilo neutro... Como tantas que he leído...

Aunque en ésta no pedían rescate. Tan sólo respeto y una rectificación pública del padre. Que explicara a los medios que se había equivocado con él.

Aquello sí era novedoso. Seguí leyendo. Contaba que le habían condenado a ocho años por pederastia sabiendo que no había ninguna prueba en su contra. Aquello ya era totalmente inusual; además había mucha pasión en la carta.

Miré al padre.

—¿Existe este hombre?

El padre me tendió su ficha policial.

—¿Realmente no ha llamado a la policía? —indagué.

—En la carta dice que si lo hago, lo matará —replicó sin casi mirarme a los ojos.

Seguí leyendo y vi que la advertencia era tan explícita como el padre me había relatado.

En la carta también decía que sólo liberaría al niño si se publicaba la rectificación; si no era así, acabaría convirtiéndose en lo que le habían acusado. Y la víctima de aquel delito sería Izan.

Tuve que leer dos veces aquella amenaza. Era tan estremecedora que la releí una tercera vez. No le comenté nada al padre; sería doloroso hablarle del tema.

Cogí el informe policial en busca de la foto del pederasta. Tenía un rostro bastante normal. También estaba la foto del niño que le había acusado y la denuncia.

El niño decía que había abusado de él en el colegio donde el acusado se encargaba del mantenimiento de la piscina. Habían pasado casi ocho años desde que aquello ocurrió.

—¿El niño dijo la verdad? —pregunté al padre en busca de su opinión de juez.

Él afirmó con la cabeza sin entrar en detalles.

—¿Cómo puede estar tan seguro? —insistí.

—Por lo que relató el niño con todo tipo de detalles... Por su mirada... Por su miedo... Y porque todas las pruebas circunstanciales apuntaban a que era cierto y que abusó de él.

—¿Y no ha pensado en hacer la rectificación igualmente? —indagué.

—No, no puedo hacerlo, por respeto al otro chico...

—¿Puedo hablar con él? ¿Vive todavía en Capri?

—¿Va a creer a ese secuestrador pederasta? —preguntó el padre, indignado.

—No, pero debo como mínimo hacer lo que nos pide. —Leí un trozo de la carta—: «Hablad con Nicolás y preguntadle por qué mintió...».

El padre tardó un tiempo en decir algo. No le gustaba en absoluto mi idea.

—Está bien, lo arreglaré para que pueda verlo. Le acompañaré —añadió.

—Prefiero ir solo —repliqué.

No insistió, estaba deconcertado... Me alegré, no quería tener allí al juez y al padre cuando hablara con el chico.

—Le proporcionaré un coche y la dirección de los padres del muchacho. ¿Conoce Capri?

Asentí. Un poco lo conocía. Salimos de la habitación. Iba a cerrar la puerta tras de mí pero el padre me lo impidió, quería que el niño se encontrara la puerta abierta cuando volviera. Esos detalles me emocionan. Le devolví la carta.

—¿Ha leído que en dos horas expira el plazo que pidió para la rectificación pública? —me preguntó asustado por las consecuencias.

—Lo sé. Lo sé...

Subí al coche, puse la dirección en el GPS, toqué mis anillos y me fui en busca de aquel otro chico que seguramente también estaba perdido.

El padre me miraba desde la verja de la casa, podía notar su pavor, cien mil veces el de un niño al que le van a extraer las amígdalas... También percibí a la abuela y su energía desde una ventana lejana.

Tenía que hablar con aquel adolescente que tenía todas las respuestas, sabiendo que, si no había mentido, la vida de un niño estaría en peligro.

Sentí responsabilidad y temor. Dos horas era muy poco tiempo para que confesara una mentira que llevaba ocho años incrustada en él. Además, seguramente aquella mentira estaría ahora recubierta de otras muchas.

De camino, pensé en llamarla, en decirle que había encontrado al niño que creamos con un soplo, pero sabía que no debía...

También me di cuenta de que por primera vez en mi vida no había revuelto la mesita de noche de un niño secuestrado...

Dejé de pensar en mí y volví a centrarme en el caso. Esos instantes eran adrenalíticos, era como un juego, un juego contrarreloj... Tenía que pensar una táctica rápidamente y que funcionase antes de que transcurrieran esos ciento veinte minutos y se cumpliese el ultimátum... Y entonces pudiera pasar lo que no deseaba que pasase de ninguna manera...

Se me ocurrió algo... Era extraño pero podía funcionar. Llamé al juez.

—Que me espere el chico fuera de la casa, hemos de ir a un sitio.

Ojalá fuese una buena idea lo que me rondaba por la cabeza. Ojalá...

Aceleré sabiendo que lo estaba jugando todo a una sola carta... Quizá ése era el juego con el que disfrutaba, la pasión sin límites, de la que hablaba el Sr. Martín...

Esperaba que esta mano se me diese bien... Aceleré más....

21

EL HIJO DENTRO DEL HIJO

Recogí a Nicolás delante de otra casa blanca. No superaba los quince, debía de tener siete cuando lo violaron.

Me miró sin hablarme. Subió obligado al coche. Quizá Izan se había sentido igual. Me sentí un poco como un secuestrador.

Se sentó en el asiento del copiloto, pero siguió sin decirme nada. Yo tampoco le hablé. Era un chico rubio bastante atractivo y espigado. Me miraba de reojo.

Fui en dirección al destino que tenía en mente. Necesitaba un sitio que no le fuera familiar, alejado de sus padres y de su poder... Estaba seguro de conocer uno ideal...

Además sabía que si había mentido tendría ganas de decírmelo, lo notaba en su energía. Pero una cosa era su deseo y otra su instinto... Cuesta ir contra tu propio cuerpo...

Continuamos en silencio... Sentía cómo el tiempo transcurría... Pensaba en Izan. Deseaba que mi idea funcionase...

Finalmente llegamos al faro de Capri, el hijo favorito del Sr. Martín... Bajamos del coche, el chico me seguía a bastante distancia... Me acerqué a la torre; la puerta de entrada no estaba cerrada.

Entré y saqué la pertenencia más preciada que he conocido, el saco rojo, el hijo de George. No me engañó: «Mi hijo está dentro de otro hijo». No sé cómo averiguó que aquel faro era el hijo del Sr. Martín, pero no me extrañaba en absoluto.

—Este saco pertenecía a un gran amigo mío —le dije al chico—. Me explicó una vez que servía para muchas cosas, pero sobre todo te hace más valiente y te saca toda la rabia.

»En mi vida, he conocido a dos personas especiales y creo que tenían que formar parte de mi vida para que un día tú y yo estuviéramos aquí.

»A veces, el mundo parece muy complicado, un puzle que no entiendes hasta que aparece la pieza definitiva...

»Escúchame, Nicolás, necesito encontrar a ese Izan...

»No lo he conocido, pero creo que lo creé hace tiempo en una costa junto a una mujer que he perdido hace unas horas... Y sólo la recuperaré con el consejo que me dará una abuela centenaria que desea volver a ver a su nieto...

»No voy a preguntarte nada. No hay interrogatorio ni castigo. Sólo te pido que pegues con fuerza contra ese saco.

El chaval no dijo nada, absolutamente nada.

Colgué el saco de la puerta del faro. Dos seres mágicos juntos... Tan sólo debía esperar a que la magia hiciera su efecto...

El chico me miró un par de veces. No parecía que fuera a hacerme mucho caso.

Pero finalmente se dirigió hacia el saco.

Noté cómo pensaba, cómo buscaba su rabia, sus miedos, sus problemas... Y lo golpeó.

Primero flojo, pero poco a poco con más fuerza.

Sé que con cada golpe aquel chaval estaba notando lo mismo que yo tantos años atrás en aquel barco. Seguro que sentía cómo ese saco absorbía toda su rabia y le hacía sentirse en paz.

La imagen del saco, el faro y la puesta de sol en Capri era impresionante. Le miré mientras él no paraba de soltar ganchos acompañados de gritos de desahogo.

El tiempo pasaba, el chico continuaba luchando contra sí mismo y yo tan sólo le observaba.

Sabía que aquel tridente le sacaría la verdad.

Finalmente, se desmoronó.

Lloró, lloró tanto... Balbuceó y gimió pegado al saco; casi parecía que estuviera bailando con él.

Noté cómo la mentira estaba incrustada desde hacía años. No lo había pasado bien mintiendo y ahora salía todo su dolor.

Acabé abrazándome a él. Le comprendía. De alguna manera, yo también me sentía igual. Ambos estábamos perdidos, huyendo de nuestra verdad.

No quería saber más, no necesitaba conocer las razones que le llevaron a ello... Le di mucho cariño...

Llamé al padre para que hiciera el anuncio en los periódicos. Sabía que, automáticamente, aquel hombre que tenía preso a Izan lo liberaría sin hacerle el menor daño. Estaba seguro de que cumpliría su palabra.

Ahora tan sólo restaba ser valiente y para ello necesitaba ir a hablar con mi tercera perla, mi tercer diamante, mi tercera energía, mi tercera desparramada...

Aquella mujer centenaria que daría luz a mi vida...

22

VEN...

Y VOY

A la mañana siguiente, Izan dormía en su cama y yo estaba al lado de la mujer centenaria en un jardín junto a unos árboles casi tan longevos como ella...

Y fue allí, encima de aquel césped y con el cielo de Capri cubierto de nubes donde ella me preguntó lo que ya os conté: «¿No deseas poder ser feliz en todos los aspectos de tu vida...? ¿No tener que aceptar nada que no te agrade...? ¿Sentir que la vida es controlada por ti en lugar de ir a rebufo de ella en el vagón 23...? ¿Quieres o no quieres controlar tu vida? ¿Quieres o no quieres ser dueño de todos tus momentos? ¿Quieres?».

Yo asentía entusiasmado, esperando que me marcara el camino a mi nuevo mundo.

Había bajado de esta bicicleta en la que llevaba tantos años pedaleando y sólo tenía dos perlas, una profesión que lo significaba todo en mi vida y una relación que había roto porque no deseaba un enano.

Creo que aquella mujer, preciosa a mis ojos, no sabía cuánto necesitaba sus consejos.

En aquel momento de mi vida, sin lo que me fuera a decir, sólo me quedaba fuelle para un par de años más. Jamás llegaría a la edad de George ni a la del Sr. Martín.

Ése era un motivo más para admirarlos. Creo que cualquier persona que llegue a los sesenta debe ser admirada. Vivir tantos años es un acto de valentía.

Siempre he pensado que si es tan fácil salir del juego, ¿por qué jugamos?

Me daba la sensación de que aquella anciana leía mis pensamientos, o eso parecían indicar aquellos ojos que me observaban con tanta atención...

Sabía que había mucha sabiduría en ella, y lo mejor era que deseaba compartirla conmigo.

—Lo que te diré... —comenzó en un tono excesivamente bajo, tuve que acercarme mucho— lo que te diré tan sólo te servirá si te lo tomas como norte de tu vida. Si lo mezclas con otras filosofías o principios no conseguirás nada.

Asentí obediente.

—Son sólo dos conceptos. —Su tono se elevó, pero ya no quise apartarme de su vera—. Por un lado, recuerda algo tan sencillo como que querer es siempre más valioso que que te quieran.

»Querer mueve y detiene mundos. Que te quieran si tú no quieres, te acaba aletargando.

Hizo una pausa mientras amanecía en Capri. No intenté ni siquiera asimilarlo. Toda la vida me he dejado querer, y quizá aquello era insuficiente.

—Lo segundo y más valioso para llevar tu vida adelante es que debes darte cuenta de que nos hemos pasado la vida desde pequeños respondiendo a la pregunta «qué me gusta».

»Qué me gusta de comida, de ropa, de juguetes, de estudios, de trabajo, de amistad, de amor, de sexo...

»Y ese "qué me gusta" marca nuestro mundo. Da la sensación de que si nos gusta algo es un indicador de un rumbo o un deseo, y debes saber que no.

»Lo que nos gusta no es nuestro camino, ni tampoco lo que no nos gusta. A veces el rumbo puede estar en lo que nos provoca indiferencia, en aquello que no nos apasiona ni aborrecemos.

»Entiende esto... Has de confiar en ti, no en lo que crees que te gusta a ti... La senda no la marca lo que te gusta a ti, sino que la marcas tú...

Después de aquello volvió a abrazarme y se marchó hacia la casa, tarareando «Si tú me dices ven lo dejo todo... pero dime ven». Se encendió un cigarrillo de camino y os juro que me recordó a aquella mujer del casino que amó el Sr. Martín... Se parecía... Desde lejos y desde cerca... Quizá era ella...

Supe que sus dos consejos marcarían mis próximos años; aunque no tenía prisa en ponerlos en práctica. Antes, deseaba ver aquel amanecer nuboso en Capri y lentamente ir decidiendo mi ruta, mi camino, mi senda...

Noté que desde la ventana de la casa me observaba Izan. Me volví y le saludé; me devolvió el saludo.

Supe en ese instante que deseaba tener mi Izan propio.

Querer... Lo iba a querer tanto, quizá más de lo que jamás me han querido...

Además, no me importaba cómo fuese, ni lo que midiese, ni lo que me recordase el verlo... Daba igual lo que me gustase o lo que no me gustase... Me producía indiferencia lo que opinasen...

Cogí el móvil y le escribí un mensaje a ella: «Quiero tener a Izan... No puedo vivir sin ti ni sin él...».

Esperé la respuesta.

Casi tardó dos minutos. El sonido de entrada de mensaje coincidió con el amanecer; fue su banda sonora.

Ella respondió: «Sí que puedes...».

Sonreí. Volvía a nuestro código, al final de la escapada.

Quizá ese momento era el final de la escapada y no el que yo pensé hace años cuando me marché de Capri.

Sonreí y escribí la respuesta ansiada...

«Sí que puedo, pero no quiero... ¿Por qué no vienes a Capri, debes conocer al Izan que creamos de un soplido, el faro preferido de un hombre que amaba a mujeres que manejaban ruletas y maniquíes que dominaban corazones, el subterráneo de piedra donde se revelan perlas y diamantes y se construyen sacos con retazos de vida y también a una increíble mujer centenaria que opina que "Si tú me dices ven lo dejo todo... pero dime ven".»

Esa vez, la respuesta llegó casi al mismo tiempo que el envío. Justo noté un viento menorquín en mi rostro a la vez que el sonido del mensaje iluminaba la pantalla como un suspiro...

«Ven... Y voy.»

Mi vida volvía a girar... Lentamente, hice dos cosas que deseaba hacer desde hacía tiempo. Me puse el anillo de mi padre en el dedo y seguidamente cogí el faro de plata, me coloqué la parte del monóculo en el ojo izquierdo y vi esas nubes moverse hasta que el sol apareció. Entonces fue cuando el «Mi» que había en mi índice brilló con fuerza.

Volvía a ser yo, el mundo había dejado de estar parado...

ESTE LIBRO HA SIDO IMPRESO
EN LOS TALLERES DE
LITOGRAFÍA S.I.A.G.S.A.
RAMÓN CASAS 2
BADALONA (BARCELONA)